LA CHARCA

TOMO I

MANUEL ZENO GANDÍA

En el borde del barranco, asida a dos árboles para no caer, Silvina se inclinaba sobre la vertiente y miraba con impaciencia allá abajo, al cauce del río, gritando con todas sus fuerzas:

-¡Leandra!... ¡Leandra!...

Era en la montaña, en el seno de las selvas, entre laberintos de brava naturaleza, que parecen peldaños para oficiar en el altar del cielo.

-¡Leandra!... ¡Leandra!... Sube, Pequeñín está hambriento... Sube, sube...

La voz sacudía el aire y, reflejándose en las laderas, bajaba hasta el lecho del río, en donde se apagaba entre rumores de cascadas y remolinos. En la ribera, en cuclillas sobre una piedra lisa y plana, Leandra lavaba afanosa. Tenía el traje recogido y sujeto por detrás de las rodillas, dejando al descubierto las piernas, que el agua jabonosa salpicaba. Al fin, oyó las voces, miró hacia arriba y descubrió a Silvina.

-¿Qué quieres? -preguntó a un tiempo con el ademán y con los labios.

La otra insistía: Pequeñín, el último hijo de Leandra, de bruces en el suelo de la casucha, lloraba hambriento.

-Mira -bocineó Leandra, ahuecando las manos junto a la boca-, procura callarlo.

-Es que no quiere.

-Entretenlo, mujer; aún me queda faena...

-Tienes que subir... Le he metido un dedo en la boca y, en vez de chupar, muerde... ¡Anda, sube pronto!

Levantándose Leandra de mal talante, dejando que el vestido le cayera sobre las piernas mojadas, hizo apresuradamente un lío de la ropa húmeda y comenzó a repechar una vereda caprina que, muy pendiente, se internaba entre los cafetos de la ladera.

Silvina, desoyendo los gritos de Pequeñín, recorrió con mirada lánguida el paisaje. El ambiente, fresco ya con los aires de la cercana vesperada, se encendía en los últimos ardores del sol poniente.

Desde aquel sitio se divisaba un mundo de verdura. Por detrás, un campo extenso de selva virgen rematando en una cima abrupta; por delante, al otro lado del río, una montaña de tonos grises, aplanándose poco a poco en dirección al mar, deprimiéndose lentamente de derecha a izquierda y determinando la formación de vallecillos y hondonada de feraz aspecto. Los colores bullían como chispas de luz, confundiéndose en tintas intermedias, interrumpiéndose con alegres contrastes. Diríase que con aquel reguero de colores eran los campos la inmensa paleta en donde había de humedecer sus pinceles el supremo artista. Un azul inimitable descendía del cielo como regalo nupcial, y un verde suave parpadeaba en las campiñas como ofrenda esclava. De esos dos matices resultaban el apagado gris de las lejanías y la tibia gualda de los contornos. Los árboles, en eterna gemación, ostentaban vestiduras rosadas y galas rojas, y así mostrábanse los paisajes como proyectados al mundo de los sueños por la mano de la primavera.

Silvina miraba sin ver. Aquel exterior poético, que le era familiar, no le abstraía; aquel sosegado atardecer no interesaba a sus catorce años. Pensaba en sus intimidades, en sus secretos, en sus anhelos, y el regio panorama de los montes palpitaba delante de ella como una bandada de golondrinas ante una estatua. Cuando miraba al frente descubría, en lo alto de la montaña, la mancha oscura formada por el opulento cafetal de Galante, y un sentimiento de repulsión, de reprimido rencor, se le revolcaba en el pecho al recordar la dolorosa historia de sus amores contrariados y del camino de sus ideales, bruscamente cortados por la intercepción de aquel hombre odioso, a quien ella, todavía tan joven, debía la imposición de un marido, de aquel Gaspar, cuya presencia le hacía temblar y cuya imagen la amedrentaba. Debajo, y también a la distancia, contemplaba el valle en donde se escondía el caserío de Andújar. Veía la casa tienda con su mostrador mugriento y umbrales negruzcos; el ranchón que cobijaba la máquina trilladora, las tres o cuatro casitas dedicadas a depósito de provisiones y vivienda de obreros; y le veía a él, a Andújar, con los brazos desnudos, con la camiseta manchada de pringue, defender detrás del mostrador el importe de una judía, escatimar el peso de un grano de arroz, poniendo en práctica las fórmulas de la libra incompleta y de la vara encogida. A un nivel más bajo todavía lograba descubrir otra colina salpicada de chozas: eran hacenduelas de míseros propietarios que merodeaban descalzos por los montes, contratándose para trabajar en las grandes fincas, rindiéndose tributarios de la tienda de Andújar, la gran ventosa del barrio, y para los cuales el tiempo pasaba sin que tuvieran ni recursos, ni ánimo, ni voluntad para mejorar los propios terrenos en donde, gracias al esfuerzo fecundado de la Naturaleza, crecían abandonados algunos cafetos y bananos, y se veían ondear, en días de viento, prados de forrajes o de estériles malezas. Después, el nivel descendía más. Las montañas se extendían en aventino hasta el llano, y como gigante que se arrodilla para besar la base que le sustenta, la forma montuosa de la tierra se humillaba hasta aplanarse en la llanura para alcanzar el límite geológico en donde todo remata en la tierra: el mar.

Silvina, siempre sujeta a los árboles, recorrió con la mirada el panorama. En el fondo del barranco, el río escandalizaba con saltos de agua, con atropellado caudal, y a la izquierda, en el mismo lado en donde estaba Silvina, mecíase el bosquecillo de la vieja Marta: una campesina arrugada, añosa, con fama y hechos de miserable avara, residiendo en la umbría de un cerezal, en una choza pordiosera, sin más compañía que un nieto flaco, emaciado, casi esquelético, imagen viva de la miseria y del hambre. Después, a la derecha, vio otro campo de plantaciones, otra finca grande: la propiedad de Juan del Salto. Y al fijarse en aquellos lugares pensó en Ciro, en el hombre que amaba, en el único que en el fondo de su corazón y su pensamiento la poseía. Allá, en aquella finca, trabajaba Ciro, un joven campesino, apenas de veinte años, pero nervioso y forzudo, lo bastante para ser un buen obrero, útil en el transporte de maderas o en el manubrio de la descortezadora, o en el aserradero de los altos árboles. De ese modo, mirando sin fijeza los objetos, Silvina pensaba en los seres y las cosas ausentes. En su cavilación desfilaban viejas memorias; impresiones recientes. Galante, Gaspar, Andújar, Juan del Salto, Leandra, la vieja Marta; la sumisión a un hombre que odiaba y temía; la pasión ardorosa, nunca dormida, por otro que la habían hecho imposible; la monótona esclavitud de su vida al lado de Leandra; las imposiciones de la vida diaria, llena de labores y de esfuerzos ante los cuales desmayaba su alma perezosa; el bienestar de Galante, de Juan del Salto, de Andújar, causáronle envidia; todo, todo, pasaba ante su pensamiento como cinta de luz llena de imágenes palpitantes.

Al fin, del seno arborescente de la ladera surgió Leandra. Llegaba fatigosa después del repechar, descalza, con el cuerpo inclinado a la izquierda a causa del lío de ropas que cargaba en el derecho, en mangas de camisa, y ésta tan descotada, que casi dejaba el pecho desnudo.

Leandra entró en la casucha seguida de Silvina, y arrojó en un rincón el lío, mientras Pequeñín asordaba el ámbito con su lloro sin lágrimas.

-Me tienes harta -dijo, poniendo un pecho en la boca del niño-, me tienes aburrida con tu haraganería... ¡Holgazana!...

-Eso me faltaba: que me comas ahora. ¿Tengo yo la culpa de que no des leche, de que el muchacho esté siempre vacío?

-¡Inútil!

-Antes de bajar al río le diste de mamar, y mira...

-Vagabunda y haragana: eso eres tú. No me ayudas, no te importan mis faenas. Todo el día mano sobre mano, pensando en las...

-Vamos, madre, ¿me vas a insultar?

-Bien se ve que no sabes lo que son trabajos, que no sabes lo que es un hijo...

-Dilo en buena hora. ¡Dios me libre! ¿Para qué quiero yo hijos? Bastante tengo con soportar a ese bruto...

-Ése que llamas bruto es tu marido. El hombre que te mantiene.

-¡Gran cosa! Una peseta semanal. Lo que él mantiene es la baraja y las botellas de Andújar. A mí me da lo que le sobra del juego... cuando pierde. Y además, leña. Y, además, me da... me da asco.

No seas bestia, Silvina. Tu marido es hombre de respeto, que nos atiende y nos cuida. Las mujeres solas no sirven más que para dar tropezones, para sufrir abusos...

-¿Qué más abusos de los que yo he sufrido y sufro?

-Porque no eres mujer de tu casa, porque no te gusta otra cosa que andar realenga. Mientras tanto, desde que te casaste con Gaspar, vives panza arriba, sin necesitar nada y con el pico mantenido. En la pasada cosecha no tuviste necesidad de tomar calle en la cogida de café. Gaspar no quiso, porque te cuida mucho. Pero no lo agradeces. ¡Ah, si tú tuvieras la formalidad y la vergüenza de tu madre!

-¿Vergüenza?... -y Silvina soltó una carcajada-. Mira, Leandra, me haces perder la paciencia. Yo seré una tusa, pero me parezco a ti. Entre Gaspar, tú y tu cortejo...

-Mi marido, debes decir.

-Es... que no lo es.

-Bien; no es mi marido, pero como si lo fuera.

-Pues bien; entre los tres acabaréis por volverme loca.

Y, malhumorada, se confinó en el colgadizo en donde estaba la cocina.

Era la escena de siempre, Leandra y su hija vivían en perpetua discordia, arrojándose a la cara defectos y maldiciones. No cabían juntas en la estrecha casucha en donde el hábito y la miseria las retenían. Leandra, aún fresca en sus cuarenta años, había hecho su campaña. Nueve hijos concebidos bajo la ruda labor de los campos. Siete de ellos separados ya del hogar, unos porque habían muerto, otros porque se habían ausentado, ignorándose su paradero, y otras que habían sido robadas..., eso es, arrebatadas a muy temprana edad del calor materno para formar mancebía aparte. Hijos de distintos padres, cada cual seguía su destino. Quedaban Silvina y Pequeñín. El padre de Pequeñín era Galante, el rico propietario que en cada estribación del monte ocultaba una hembra y era por entonces el hombre de Leandra. Silvina no conoció a su padre, un patán acaso, que en la libre poligamia de los bosques aprovechó una hora de ocasión...

Mas el secreto de la familia, lo que apesadumbraba a Silvina, era una historia sombría. Cuando los primeros encantos de la adolescencia embellecieron a Silvina, ya Galante era el hombre de la casa. Galante, con amenazas de abandono, obligó a Leandra a un tráfico inicuo. Por entonces, Silvina y Ciro eran novios, se amaban, acariciando proyectos de feliz unión; y Silvina, reposando en sus ilusiones, esperaba lo porvenir. Y ese porvenir llegó... Una noche en que llovía torrencialmente, la casucha se anegó. La familia tuvo que reunirse toda en uno de los dos únicos cuartuchos de la casa. El sueño en común acortó las distancias, y Silvina, sorprendida, cuando, no bien despierta, quiso luchar, oyó la voz de Leandra que le decía al oído: «Hija, no seas tonta..., no seas tú causa de que nos muramos de hambre.» Y Galante, bajo las sombras, al fulgor de los relámpagos, derribó a la virgen.

Después, Silvina se mordía los puños de rabia. ¿Qué pensaría Ciro? Galante, de otro lado, había prometido a Leandra casar a Silvina, y entonces apareció en escena Gaspar. La joven resistió unos días; pero Leandra logró resolverla al cabo y llevarla al templo. Silvina, con la hebetud de la ignorancia, sucumbió al marido, como antes a Galante. La voluntad, el sacudimiento del deseo, el criterio propio, despertaron en ella luego, cuando ya era tarde. Y despertaron para sucumbir de nuevo. Gaspar, de cincuenta años, facciones repulsivas, mala catadura, pelo enmarañado y aliento aguardentoso, no era un marido manso. La niña cayó en manos del hombre avieso, del marido grosero, del compañero bestial, siempre con mano dispuesta a descargar el bofetón, siempre con labios abiertos para arrojar la blasfemia. Cuando Silvina consideró su desgracia pensó en manejar el timón de la nueva vida. Vano empeño, porque la voluntad de Gaspar la hizo más esclava, y el despotismo de su temperamento la dominó por completo. Muy pronto, Gaspar dominó la situación y Silvina quedó sugestionada por aquella voluntad imperiosa, por la fuerza de una superioridad irresistible. Le odiaba, le maldecía, lo hubiera desgarrado como a un harapo inmundo; mas cuando le veía frente a frente, cuando escuchaba la concisión acre de sus palabras, bajaba tímida los ojos, obedecía encogida y, a veces, temblaba como la ovejuela ante el ave de rapiña. Gaspar entró en el matrimonio como hubiera entrado en la taberna. Trabajando en la finca de Galante cuando quería, cuando podía, cuando la laxitud alcohólica le permitía alguna reacción de actividad, un día llamole Galante y le dijo:

-¿Qué opinas de Silvina, la chica de Leandra?

-¡Caray!... Buena muchacha..., ¡un merengue!

-¿La quieres para ti?

-¡Cómo! ¿Cree usted que pueda quererme?

-¿La quieres?

-¡Si me la dieran!...

-Oye: ya sabes que la Leandra y yo llevamos amistad; esa chica cualquier día alza el vuelo. Pues bien; cógela, cásate con ella. Yo arreglo eso.

-Bien; pero yo estoy limpio de fichas, y las mujeres comen como llagas...

-No importa: vivirás en la casa, y así cuidarás a la vieja. Además, aquí estoy yo... Arreglaré tu cuestión en el Juzgado; pagaré la multa que te impongan; no irás a la cárcel, y en la cosecha te regalaré cien pesos.

-Listo, listo -contestó Gaspar deslumbrado-. No hay más que hablar.

Y como si idea súbita le ocurriera, preguntó con acento malicioso.

-¿Y Leandra ha cuidado bien a esa chica?

-Tú no tienes que meterte en vidas ajenas. Resuelve.

-Está bien; de todos modos convenido.

El pacto quedó cerrado, y a poco, en la iglesia de la población, cabeza de partido, se anudó el lazo. Gaspar, como si hubiera apurado una copa, apuró a Silvina, empañándola con su aliento brutal.

Vivía ella infeliz, contrariada. Unas veces irascible, presa de ímpetus; otras, lamentosa, suspirando, derramando lágrimas furtivas. En lo acerbo de su existencia no tuvo más consuelo que la soledad de las selvas, el correr por veredas solitarias, el extasiarse contemplando, sin sentirlo ni comprenderlo, el bravío panorama de la comarca; el forjarse quimeras irrealizables, pensando en Ciro y huyendo de él.

Cuando Pequeñín se cansó de chupar en vano el seno de Leandra, quedose dormido. Ésta le acostó en un camastro lleno de trapos sucios y bajó el escalón del colgadizo en donde Silvina, con una cuchara de madera, agitaba taciturna un guiso inodoro, un salcocho de bananas, en el que, de vez en cuando, el hervor hacía aparecer espinosas piltrafas.

Los nublados entre la madre y la hija pasaban pronto. Pocos minutos después de la última contienda, departían pacíficamente. Leandra aludió a lo sucedido allá abajo, cerca de la tienda de Andújar. Habíanse oído gritos e imprecaciones, sin que pudieran enterarse de la causa. Alguna borrachera, sin duda. Como era sábado y se habían cobrado los jornales, los hombres sólo pensaban en beber. Iban a casa de Andújar a pagar las deudas de la semana, y, copa va y copa viene, se les pasaba el tiempo y se les iba el dinero.

Leandra fulminó contra aquel tropel de gandules. ¡Qué asco! Las mujeres moviendo al rescoldo un caldo sin sustancia, los hijos exánimes y color de cera, y ellos dilapidando el sudor de la semana y exponiéndose a ir a la cárcel por cualquier tontería. Por eso estaba contenta con su suerte: su amistad era hombre rico, que le pasaba diario, que no andaba en trapisondas. Es verdad que tenía que tolerarle la promiscuidad, la insaciable promiscuidad del macho robusto, consintiéndole, resignada, que tuviera otras campesinas en el mismo predicamento de amigas íntimas; pero, ¡qué remedio!, mejor era ser tolerante que exponerse a las tropelías de algún bárbaro como muchos que ella conocía. Silvina lamentábase de su mala estrella: ¡mujer de un viejo tan feo, tan grosero! ¿Había habido cuestión en la tienda de Andújar? Pues indudablemente estaba allí Gaspar. Con colores expresivos pintaba a su tirano: como hombre, viejo y feo; como marido, renegado y feroz. Luego, un desvergonzado: si hubiera tenido un ápice de dignidad, no se hubiera casado con ella. Y concediendo que se vendiera por dinero para recoger despojos de otro, lo que le parecía infame era la condescendencia con que toleraba las exigencias de Galante. En este punto, Leandra discutía: ella, Silvina, no tenía razón. Si Galante, de vez en cuando, tenía antojos, la cosa carecía de importancia. De ese modo estaba contento, la protegía.

-A los hombres hay que saberles amarrar. Demasiado sé yo que tú le gustas a Galante más que yo; pero me conformo, porque si me opongo a su gusto, me abandona, y perderíamos la soga y la cabra.

Silvina insistía: aquello era una atrocidad. ¡En la misma casa, con el pretexto de querer a la madre, perseguir a la hija; a una muchacha que lo detestaba, que no era libre, que era mujer de otro más canalla aún, que consentía tales bajezas! Y tal contubernio, en contra de la voluntad de la muchacha, contra todas sus tendencias y sus gustos.

La plática terminó como siempre. No había más remedio: mejor era aquello que morir de hambre.

Oyéronse rumores, y en la pequeña explanada, frente a la casa, apareció un hombre. Era Gaspar. Al llegar, blandió un largo machete y asestando una cuchillada a un árbol, lo dejó allí clavado.

-¿No se come? -dijo, sentándose en la piedra que servía de escalón, junto al umbral.

Las mujeres apresuraron el aderezo del potaje, y diéronle un plato colmado.

Gaspar comenzó a engullir, hablando mientras comía:

-Si no me lo quitan de las manos, mato esta tarde a ese cochino de Montesa. ¡Entrometío! Estábamos en la cuesta del río algunos amigos, distrayéndonos con una jugadita... Yo estaba ganando, y se había presentado una sota que si llega a jugarse arranca al banquero. Deblás barajaba, y ya iba a virarse cuando acierta a pasar Montesa. Se para, nos mira, y dice:

«-Bandidos, ¿qué hacéis ahí?

»-Lo que nos da la gana.

»-Estáis jugando a los prohibidos; ¿y si el comisario viene?...

»-¡Figúrese usted! El comisario es Andújar, y siempre que jugamos nos cobra un chavo por cada as...

»-Y a usted, ¿quién le mete en lo que no le importa?

»-¡Calla, truhán! -esto se lo decía a Deblás-. Si meneas la lengua te la retuerzo; un desertor como tú no es persona para mí.

» Me dio ira su altanería. Claro; Montesa hablaba así porque sabe que Deblás anda huido, que no puede tener cuestiones porque, si le echan mano, lo hunden otra vez en el presidio. ¡Cobarde! Yo quise ver si Montesa se atrevía conmigo. Me levanté de un brinco y halé por el machete. Anduvo listo: cuando iba a rajarlo me dio una patada feroz en la barriga y me tumbó. ¡Qué alboroto! La partida se deshizo. Cada cual corrió por su lado, y todavía tuvo Montesa la cobardía de llamarme sinvergüenza, estando yo en el suelo, impedido de defenderme. ¡Ah!, yo lo cogeré, ¡yo lo cogeré!... Hay más días que longanizas. Cuando me levanté, me sujetó Andújar y me pidió por favor que no me metiera con ese macaco de Montesa... Luego, como convenía ocultar lo de la jugada, y yo ya estoy hasta el cogote de cuestiones que me han costado caras, me contuve. Hay tiempo; cualquier día lo hiendo...»

Y Gaspar, asiendo de nuevo el machete, asestó otra cuchillada al árbol, que, herido en la corteza, dejó manar por la herida un líquido resinoso y oscuro.

Silvina, en cuclillas en un rincón, había oído el relato. Seguía con mirada tímida los violentos ademanes de Gaspar, como temiendo que las amenazas y las agresiones se volvieran contra ella.

-Toma -continuó Gaspar alargando a Silvina unas monedas-, esta semana no se ha hecho nada, y luego, en la jarana, perdí la ganancia. Quizás me la robó el mismo Montesa. Pero bay, ahí tienes treinta y dos chavos. Si te faltase en la semana, a mamá Leandra que te dé, y si ella no tiene, avísame para fajar a Galante. O fájale tú, que a ti te servirá de mejor gana.

Leandra empezó a dar consejos a Gaspar. Prudencia, mucha prudencia. Lo mejor era salir del trabajo y meterse en casa. Y mientras Gaspar, reacio, discutía, Silvina, entregada de nuevo al éxtasis, veía cómo en el cielo íbase apagando el día y cómo las sombras iban lentamente arropando los contornos.

Gaspar entonces hizo reír a Leandra. Contó que en la jugada estaba la vieja Marta con un paquete de ochavos atados en la punta de un pañuelo. Cuando surgió la contienda y vinieron a las manos, Marta alcanzó un pescozón que le arrancó el pañuelo de la cabeza, dejando las greñas al aire.

-Pero -dijo Gaspar- es tal la suerte de ese diablo de vieja, que, a pesar de todo, con seguridad esconde esta noche en el monte medio peso. ¡Ah, si yo pudiera descubrirla el escondrijo!...

La noche avanzaba. Gaspar desperezó, dando un gran bostezo. Todavía charló algunos minutos. Participó a las mujeres que se preparaba para muy pronto un baile en Vegaplana. Todos irían: era menester echar una cana al aire. Convenía, de vez en cuando, sacudir la morriña y divertirse, bebiendo unas copitas, bailando una contradanza.

En Vegaplana, barrio cercano, siempre hubo divertidos bailes. Nada, animarse: al salir de casa se quitarían los zapatos para no deteriorarlos, y al llegar a la casa de la fiesta se los pondrían para entrar al salón como era debido.

Leandra bajó al cobertizo, y Gaspar, como si hubiera estado esperando la ocasión, llamó a Silvina con la mano. Ella acercose.

-Lo dicho -dijo Gaspar entre dientes-. Deblás está impaciente, y yo no retrocedo: conque prepárate.

-Pero, Gaspar -contestó Silvina palideciendo-, eso es horrible...

-¡Qué horrible ni qué niño muerto! Ése es un negocio como otro cualquiera.

-¡Dios mío!... ¡Dios mío!

-Y tienes que ayudarnos; no hay remedio.

-¿Por qué no se las arreglan ustedes solos, ya que quieren meterse en eso? ¿Por qué me obligas, si yo me muero de miedo?

-Porque de las mujeres nadie sospecha. Nada, quiero que vengas. Vendrás, y tres más, nueve.

Como Leandra volviera, Gaspar disimuló. Un negocio secreto no debe divulgarse; miró fijamente a Silvina y se llevó un dedo a los labios. Estaba bien seguro del silencio de

Silvina. Luego entrose en uno de los cuartos de la casa y se acostó sobre un lecho formado, en el suelo, con ropas extendidas sobre una estera especial y sacos doblados a guisa de almohadas.

Algunos instantes después roncaba. Leandra acostose en el camastro, el lujo de la casa, en el otro cuarto, y quedaron frente a frente la noche estrellada y Silvina, contemplándola absorta desde la rústica vivienda. Adentro, sueño labriego narcotizando las gentes; afuera, el clamor estridente de los insectos nocturnos: el coro de grillos, el treno de los sapos, el roce de los violines alados, cantando a coro el salmo de la noche en la selvática anchura de los bosques.

CAPÍTULO II

Juan del Salto, caballero en una mula, llegó al plantío, en donde la brigada de campesinos se aplicaba al deshierbo y limpieza de terrenos. Con afán de amo entendido iba a vigilar los trabajos para que no le engañasen limpiando las orillas del plantío dejando malezas en el centro. Dejó la cabalgadura en la vereda y penetró en el monte. Un grupo de obreros, escalonado en la vertiente, manejaba el machete talando hierbajos y enredaderas. Juan, con mirada práctica, abarcó el conjunto. De los trabajadores, algunos cantaban coplas monótonas; otros esgrimían la hoz silenciosos, y otros, los más próximos, sostenían animados diálogos.

-Aquí hace falta gente, don Juan -dijo uno de ellos arrancando de un tirón una campánula-. La cosecha está al caer, y si no se activa la limpieza va a perderse mucho grano.

-¡Ya estás tú bueno! -repuso Juan con acento benévolo-. ¿Crees que los propietarios disponemos del personal a nuestro gusto? Eso dilo a tus compañeros; a los que no trabajan los lunes, cansados con las huelgas del domingo; a los que escandalizan el barrio con tropelías, como la del sábado último en la tienda de Andújar; a los que pasan la semana mascando tabaco y tendidos en la hamaca.

-¡Ah, yo no soy de ésos!

-Tú no eres de ésos, convenido; no te aludo. Esta vez incurres en el vicio lógico que suele seros peculiar: prescindir del sentido de lo que se habla, y ateniéndose sólo al valor de las palabras duras, darse por aludidos.

-Es que yo...

-Sí, sé lo que vas a decir. Que eres laborioso y honrado, ¿no es eso? Me consta. Pero no es menos cierto que hay entre vosotros disipados con los cuales no puede contarse. Sin ese contingente de inútiles estaríamos siempre sobrados de personal. Eso es lo que te quise decir.

Y Juan, después de la corrección, hecha en nombre del sentido común al campesino, le volvió la espalda. Se daba cuenta de la inutilidad de sus esfuerzos para mejorar las clases de la montaña; pero como su sistema nervioso no resistía transgresiones de lo bueno y de lo justo, incurría con frecuencia en las mismas tentativas. Era para él un ideal: rehacer aquel conjunto de seres; prepararlos para risueño porvenir; hacer hombres para que se defendieran del látigo; dar ciudadanía a la plebe; hacer hombres fuertes, capaces de resistir en lo físico y en lo moral, en el individuo y en la especie, la acción deprimente de las causas mórbidas. Todo un sistema que llevaba como un fardo en la cabeza y que estaba constantemente en pugna con la realidad. Donde veía el mal, movíase a la protesta; donde descubría el error, necesitaba desvanecerlo, como quien, anegándose, necesita sacar la cabeza del agua y respirar aire ambiente.

Subiendo por la escarpa, fue inspeccionando la labor del día. Unas veces recomendaba que el tajo fuese dado a flor de tierra, porque si no los renuevos, los feroces brotes de la hierba, harían pronto inútil la limpieza. Como los terrenos eran exuberantes, la vida forestal era enérgica, y allí en donde un deshierbo se había dado, en breve volvía a levantarse el prado. Otras veces detenía el brazo de algún obrero: en el atolondramiento de una actividad sin método había herido el tallo de un cafeto. ¿Adónde se iría a parar por tal camino? Cada uno de aquellos arbustos significaba un esfuerzo, un sacrificio impuesto al bolsillo, tal vez a la salud. Herir una planta mutilándola era también mutilar las esperanzas. Debíanse poner los ojos en el filo del machete, porque, si no, en breve se daría buena cuenta de los arbustos que sonreían en la montaña. Deteníase el obrero, rectificaba la posición del cuerpo y continuaba el talado con más precauciones.

Juan recorría la vertiente, subiendo con el auxilio de los troncos o descendiendo con cuidado en previsión de caídas. No era raro que en determinado lugar se arrodillara, cuando veía surgiendo a flor de tierra la raíz de un cafeto. Entonces se echaba de bruces y emprendía él mismo la faena de aterrarla, mientras explicaba a los campesinos la importancia de aquel detalle. Sí; las raíces debían profundizar para beber en lo hondo los jugos de la tierra. En la superficie reptan como serpientes, y, disminuido el caudal nutricio, la planta, cuando no muere, se aniquila. Él no tenía paciencia para tolerar torpezas de los sembradores. Y así, viéndolo todo por sí mismo, interviniendo en todo con una viva mirada para cada detalle, con una reflexión o un consejo para cada obrero, atento a sus intereses, entusiasta con sus esperanzas, sabio en sus procedimientos, visitaba las plantaciones que constituían su riqueza en el acendrado cariño del padre que acaricia las cabecitas rubias de la prole. Los trabajadores le amaban y le respetaban. Sabían que podía ser el bienhechor que llevara dinero y bálsamos hasta la choza que les albergara enfermos, y sabían también que en momentos de indignación levantaba arrogante su autoridad de amo inexorable. Los buenos buscaban amparo a su lado, habitación en el caserío de su finca; disputaban el honor de servirle de manera inmediata en los quehaceres de la casa o en las labores de las máquinas. Los malos, los sospechosos, le temían como se teme a un ser más fuerte ante el cual no queda otro recurso que sucumbir.

En su merodeo llegó en la parte baja a un lugar en donde departían varios campesinos, y encarándose con uno de ellos preguntó:

-¿Dónde está tu hijo?

-Mi hijo -contestó el aludido con acento vacilante-, pues... medio enclenque...

-Enclenque, ¿eh?

-Sí, señor...; como se dio... una caída...

-¡Todavía la caída! Pues oye: que tu hijo, que es un perezoso, se embriague y caiga en las zanjas, estropeándose: que luego no venga a los trabajos, siendo o no cierto que aún le duela el golpe; que se regodee en la holganza de tu rancho, comiéndote los plátanos sin serte útil..., pase: es un mal, es una desgracia de que sufrís las consecuencias; pero lo que no pasa es que tú, su padre, seas su cómplice; que le permitas los excesos del rebelde carácter; que le consientas la mala vida y, finalmente, que mientas, tratando de paliar los extravíos de un hijo que no es más que un correcalles.

-¡Ay, Dios mío!... Yo...

-Sí, ésa es la verdad. ¿Cuándo acabaréis de comprender que el consentimiento y los exagerados mimos son estímulos que malean los hijos? Si desde muy pichón le hubieras manejado bien, tu hijo no sería hoy un perdido. No supiste, no quisiste cumplir con esa obligación; calculaste que con el producto de tu trabajo bastaba para mantener a toda la familia, y hoy te encuentras con un hombretón indócil, que te mata a disgustos, que se pasa la vida entre la guitarra y los licores, entre la baraja y las mujeres que se lleva...

-Don Juan... ¡Qué quiere usted! ¡Si he hecho lo indecible por sacar de ese condenado un hombre de trabajo!

-No has hecho nada, aunque así lo creas. Al contrario, has favorecido sus malos instintos dejando pasar sus borracheras sin castigo, acaso riéndole los chistes; has favorecido el mal consintiéndole los desórdenes...; pero ¿qué más?, ha llevado a tu casa, a tu propia casa, junto a su madre y sus hermanas, una querida, y se lo has tolerado.

-Para ver si lo aquietaba.

-No; por condescendencia, por esa condescendencia que, si tiene mucho de ignorante, tiene más de perezosa. Se os cae el mundo encima, y nada... Sois estoicos. Tú no comprendes lo que significa eso de estoicos; te lo diré de otro modo: sois indiferentes lo mismo para el bien que para el mal; sois apáticos, sois desver...

Juan se contuvo. Los testigos de la escena sonreían, y el campesino sufría encogido el chubasco, tratando de envolver excusas en monosílabos incoherentes.

-Y lo imperdonable -continuó Juan- es que no titubeas en decir mentiras para ocultar las faltas de ese hijo. Dilo claro: mi hijo se emborrachó ayer domingo en el ventorrillo de Andújar; mi hijo estaba esta mañana imposible para el trabajo. De ese modo no te haces cómplice de su perversión. ¡Bah!, ya sé yo que pierdo mi tiempo; no entendéis la salud de mis palabras... ¡Cómplices! Sí, la eterna, la eterna complicidad del silencio envolviendo al conjunto social en que os agitáis. Allá vais todos, en un haz apretado, los buenos y los malos, los dignos y los infames. ¿Han robado una mula?... Pues sabiendo quién fue el ladrón, calláis. ¿Han producido un daño intencional en los cultivos?... Sabéis quién fue el autor, y... silencio. No hay forma de que contribuyáis al esclarecimiento de la verdad. Si se comete un crimen, un asesinato, por ejemplo, sois capaces de presenciarlo y callar después, negándoos a favorecer la acción reparadora de la justicia...

Cuando estas palabras fueron dichas, un labrador como de veinticinco años, enjuto y de semblante enfermizo, palideció intensamente, dejó caer el machete y se irguió con aire azorado. Fue un movimiento rápido, indomable, como la sacudida de un sistema nervioso sorprendido. Juan observó el ademán, y aunque el joven trató de sonreír disimulando la turbación al punto de ocultarla a los otros trabajadores, el propietario pudo notar el efecto causado por sus palabras. Todavía comentó algunos minutos el tema de la complicidad, y a poco, próximo ya el crepúsculo, cuando la brigada se disponía a suspender los trabajos, acercose al joven y le dijo entre dientes:

-¿Qué tienes, Marcelo?

-Yo...

-Hace un momento, cuando me referí al crimen, palideciste. Estás frío, tus manos tiemblan, ¿qué te sucede?

-No tengo nada... nada.

-No mientas -insistió Juan con energía-, no mientas. Esta noche, después que todos duerman, sube a mi cuarto. Te necesito y te espero. Te lo mando...

-Iré...

Y el joven confundiose en el grupo de trabajadores que regresaban a las chozas.

A las diez de la noche, cuando todos dormían, Juan del Salto meditaba en su alcoba.

Sentado junto a una mesa en donde ardía un quinqué, con la frente apoyada en las manos y los codos en la mesa, permanecía abstraído, como si las alas del pensamiento, llevándole lejos, hubiéranle dejado allí inerte la estatua del cuerpo. En aquella actitud inmóvil descubríansele la estatura esbelta, el cuerpo delgado sin flaqueza, la frente espaciosa, la cabeza sufriendo ya la depilación de los años, la piel curtida por la acción solar, las manos forzudas y recias, desarrolladas en el ejercicio de las fuerzas, y los ojos, grandes, de penetrante mirada, velados con frecuencia por la melancolía. El semblante simpático, el ademán sereno, el carácter benévolo, el genial condescendiente y cariñoso no borraban aquella tristeza. Su mundo interno le enviaba al semblante reflejos de nostalgia, y como si las ideas dominantes hubieran hecho a su modo los rasgos exteriores, discurríanle por la faz secretos pesares y preocupaciones.

Aquella noche, cuando en todas las habitaciones del caserío se habían apagado las luces, él meditaba.

En el paisaje, la noche repartía sus misterios. Las estrellas curioseaban los secretos de la tierra. Las brisas de suave frescor daban al contorno el ambiente de una terma, cristalizando en menudas gotas las nocturnas humedades, fecundizando con granería brillante las recatadas nupcias de las plantas.

Era la hora del misterio: del descanso para unos seres, de la agitación y del amor para otros. El genio de las soledades recorría las frondas, besando la virgen florescencia y bañándose en perfumes. Los lepidópteros bullían en los campos, felices en las horas sin sol. Algunos penetraban por la ventana, y revolando sin tacto chocaban rudamente con el cristal de la bombilla, mientras otros, deslumbrados, morían quemándose las alas. Los rumores del exterior flotaban en el ambiente con monotonía inacabable y disonancia casi melodiosa, dominando en el haz de ruidos la crepitación de las aguas despeñándose en el lecho del río.

Juan esperaba a Marcelo entregándose a memorias amargas, a recuerdos gratos. Pensaba en el destino que cubría a sus esperanzas en el discurrir de los años, cuando ya los sufrimientos y el trabajo le encanecían. Recordaba los días juveniles, el opulento hogar de la infancia, deshecho por la adversidad. Entreveía el rico ingenio de cañas dulces en que nació, sus primeros años, los paternos esfuerzos por cultivar su inteligencia, la residencia en Europa por algún tiempo, dedicada al estudio; su carrera, interrumpida más tarde, cuando la desgracia, empobreciéndoles, hizo necesario el regreso. Pensaba en aquel triste regreso, efemérides de tantos males íntimos, en el acerbo conjunto de desventuras que la ruina arrojó sobre la honrada familia; en la pobreza que vino luego y en la muerte, nunca bastante llorada de sus padres. Luego, otra etapa: una serie de incesantes luchas para vencer la desgracia; los esfuerzos realizados en especulaciones comerciales; el día en que el amor llamó a su pecho; la dulce esposa que eligió por compañera; la inolvidable felicidad del primer hijo, las alegrías del hogar ante la primera suma de dinero economizada; y después, en gradación metódica, la compra de una selva para el fomento del cafeto; las fatigosas tareas del cultivo; la muerte inopinada de la amable compañera; la partida del hijo, ya hombre, para emprender estudios profesionales en la capital de España; la devoción del trabajo a que se entregaba con fanatismo para elaborar un patrimonio que asegurara lo porvenir de aquel hijo, y, al presente, su dolorosa soledad en espera paciente de lo porvenir, en espera de la realización de tantos ideales, en espera del ausente, a cuyo calor anhelaba tranquilo y cómodo bienestar. Toda la vida le desfilaba por la memoria en aquellas horas meditabundas. Era una obligación impuesta a su fantasía: todas las noches, al acostarse, levantaba el vuelo ideal y recorría retrospectivos espacios. Ya en él las pasiones estaban frías, heridas por los sufrimientos, muertas por el predominio intelectual. Vivía para el trabajo, para espigar recuerdos, para alentar esperanzas, para amar al hijo ausente.

Aquellas abstracciones formaban para él una segunda vida, y, en ella, con frecuencia, una lucha formidable se entablaba. Los viajes y el estudio le habían enseñado a pensar, y su cultivada inteligencia le había elevado sobre el montón social que veía en torno. Tuvo ojos y corazón, protestando cien veces de las torcidas corrientes que arrastraban hombres y cosas, sentimientos y aspiraciones. ¡Cómo! ¿Era aquello un conjunto social? ¿Estaban aquellas clases reguladas por las leyes generales de la moral, de la justicia y del deber? ¿Las gentes que veía agrupadas en las estribaciones del monte eran seres humanos o jirones de vida lanzados al acaso? ¿Eran gentes, eran muchedumbres, eran piara, eran rebaños? ¿Qué les movía? ¿Adónde iban? ¿Eran cuerpos rodando o almas muriendo?

De este modo penetraba en honduras metafísicas, en problemas sociales. El pasado, el presente, el porvenir del suelo nativo; las generaciones venideras, engendradas en los remolinos del presente; la lucha de una raza inerme, impotente para levantar la cabeza y respirar ambientes de cultura, teniendo que hundirla en el pantano, bajo la pesadumbre infinita de la ignorancia y de la enfermedad; y sobre la balumba de inmensas desventuras, la ley natural empujando brutalmente el conjunto y amasando con lágrimas, para esa raza, un porvenir enfermizo y una degeneración más honda todavía.

En las gentes de la montaña estudiaba Juan las convulsiones evolutivas de una raza. Su prehistoria, su oscuro origen, sus migraciones, y luego, al contacto de los europeos, sus mezclas y sus transformaciones.

Se daba cuenta exacta de la situación que aquellas clases ocupaban en la colonia. Las veía descender por línea recta de mezclas étnicas cuyo producto nacía contaminado de morbosa debilidad, de una debilidad invencible, de una debilidad que, apoderándose de la especie, le había dejado exangüe las arterias, sin fluido nervioso el cerebro, sin vigor el brazo, arrojándola como masa orgánica imposible para la plasmación de la vida, en el plano inclinado de la miseria, de la desmoralización y de la muerte.

Pensando en tales asuntos, era pesimista. ¡Hermosos campos, brillante flora, soberbia fauna! ¿Y qué? Hollando tantos primores con el pie descalzo de un anémico incapaz de reacciones enérgicas e imposibilitado por falta de fuerzas vitales para ponderar lo que la Naturaleza, con tanta opulencia y generosidad, creara. A veces, pensaba en el alma..., era que el dormido espíritu no agitaba a las gentes. Era cultura, mucha cultura, lo que faltaba; mover el manubrio de la ciencia, derramar semillas de la inteligencia; levantar sobre eriales de ignorancia templos de saber. ¡Escuelas..., escuelas! Entonces pensaba que el problema era exclusivamente sociológico, y considerándolo a través de ese prisma removía en la imaginación leyes y procedimientos con los cuales pudiera levantarse la infortunada plebe.

Otras veces, sus ideas tomaban distinto rumbo. No, no era el espíritu... El contaminado, el raquítico, el deformado era el cuerpo. Se trataba de un asunto simplemente físico.

Jamás sobre la piedra nació el rosal y jamás sobre el organismo degenerado y enfermo de un pueblo se produjo con todo su esplendor la civilización. Sobre cuerpo agobiado no reacciona vida lozana.

El estómago enfermo reparte mal las fuerzas; la irregularidad distributiva desequilibra el cuerpo organizado; el desequilibrio pasa incólume del individuo a la prole, de ésta a las generaciones futuras y de éstas a la raza. Sí, ¡el estómago desviado en su función primaria engendra la enfermedad y la muerte de un pueblo!...

Y así, de hipótesis en hipótesis, a veces optimista, pesimista a veces, pasaba Juan largas horas hojeando las páginas de aquel libro viviente. Recorría la historia de la colonia; determinaba las causas iniciales; analizaba los paralelismos del estado político, del estado social, del estado económico; buscaba remedios para los daños, medios para preparar lo porvenir, recursos para conservar lo bueno, hoces para cercenar lo malo; y en toda aquella labor de su cerebro había un fondo de infinito amor filial, de cariño profundo por la bendita tierra nativa, por el providente suelo en que vivía, cuya felicidad era la suya y cuyo infortunio consideraba propio.

Mas otras veces la lucha tomaba distinto aspecto. No eran entonces dos tesis las que chocaban en la abstracción de ideas: eran dos procedimientos, dos sistemas personales los que pugnaban por escalar el pedestal de lo justo. Ante los males colectivos, ¿qué debían hacer los hombres de espíritu cultivado?, ¿qué debían hacer aquellos que con claridad de juicio reconocían la existencia del mal? Y entonces los dos sistemas forcejeaban en brutal pugilato. De un lado, el ideal: suprimir la propia personalidad; entregarse al análisis; buscar los bálsamos; clamar por el bien de todos; impulsar la ola política para escalar la orilla filosófica y fecundar la margen social; producir el campaneo de la publicidad, vociferar el dolor sentido para que lo conozca la sabiduría del siglo; llegar, si fuese necesario, al sacrificio personal ante el ara santa del bien de todos, ante el altar de la madre tierra en que se nace. De otro lado, lo práctico: pasar indiferentes; mirar o no mirar; volver la cara siempre: aplicarse al bien propio; ser epicúreo; puesto que la vida necesita de pan, cuidar con esmero que las inclemencias externas no apaguen la hornada; puesto que el espíritu tiene aspiraciones, entregarse al águila que a ellas con más rapidez conduzca; puesto que el sacrificio por lo demás lleva consigo el suplicio propio, el abandono en el dolor, el hambre para los hijos, el olvido del bien realizado y es, a la vez, viento huracanado que desparrama simientes de ingratitud y perfidia; puesto que tan profunda perturbación de la vida íntima viene como corolario del redentorismo... impere norabuena el adusto dios del egoísmo; guárdese silencio y déjese al miasma que trabaje incansable, aumentando con venenosos sedimentos la inmensa charca de la podredumbre social, y véndanse las almas y las conciencias.

Juan iba como una pelota de uno a otro sistema. ¡Qué inquietud, qué impaciencia por el bien en horas de idealismo; qué encogimiento, qué pesimismo, qué cobardía en horas de acción! Razonamientos y buen corazón indicaban los altos deberes del patriotismo;

egoísmo y codicia desviaban los instintos y los echaban de bruces en el retraimiento o en la bajeza.

En algunas ocasiones, el ideal poseía a Juan y era presa de una convulsión momentánea traducida por esfuerzos de propaganda, por consejos a los proletarios, por metodismos impuestos a su vida campesina. Pero en otros días caía en el desaliento: él solo no conseguiría nada, y luego su misión en la montaña era exclusivamente práctica... Su hijo, su hijo amado, debía llenar su corazón y su cabeza. ¿Qué le importaban a él las especulaciones filosóficas? Café, mucho café, para convertirlo en oro, y después, el oro acumulado sembrarlo a manos llenas en los senderos por donde había de transitar aquel hijo, imagen pura en el altar de su cariño.

Tantas veces rebotó la pelota entre lo práctico y lo ideal, y volvió de lo ideal a lo práctico, que al fin llegó Juan a reírse de sí mismo, haciéndose su propia crítica como si hubiera tenido por dentro un Voltaire burlándose de sus dudas. ¡Bah!..., todo aquel mundo humano que desde el balcón de su casa de campo descubría, no era más que un inmenso hospital. Los individuos y las familias arrastraban por las cuestas la cadena de las dolencias físicas. No había en ellos ritmo fisiológico, y así como en el febricitante que delira se desarrollan el ímpetu y la fuerza, en ellos, de su vida sin nutrición, relampagueaba la relativa fuerza que los conducía al trabajo. El hambre imperaba y la vida apenas si alentaba de la misérrima limosna de un banano. Sí, aquello era una tumba de vivos. El glóbulo rojo, combatido por la sangre blanca, había huido para siempre de aquella gran masa de pálidos. Era una muchedumbre de contornos inciertos, borrosos, indecisos... Un haz de retorcidos sarmientos en que vicios y virtudes se enredaban, se enmarañaban de tal suerte, que siguiendo el sarmiento de una noble cualidad se llegaba al vicio, y sacudiendo el de un defecto se llegaba a la virtud. ¡Ah!..., ¿cómo definirlos? En sus chozas les azotaba la intemperie; en la blandura ambiente ocultábase traicionera la cálida humedad de las noches; en el ardor diurno, el ascua solar carbonizando con fuego sordo los organismos. Todo parecía empujarles, destruirles... Sí, a muerte; condenados a la extinción y a la muerte; raza inerme que sucumbe bajo la acción selectiva de la especie; gigantesco estómago que perece exhausto, atónito, sin nutrición, sin vida... Juan encogíase de hombros fingiendo indiferencia... ¿Qué le importaban a él tantos dolores? Aquel mal era la cordillera, él era el átomo. Nadie le escuchaba, nadie le entendía y el hondo infortunio que le rodeaba parecía amenazarle con su contacto, para destruir a su fortaleza y borrar de su espíritu la noción del bien.

Y él, el mismo Juan del Salto, que se nutría, que se rodeaba de holguras y tenía presentes en sus metodismos los consejos de la higiene, acababa con frecuencia por creerse también enfermo; considerándose atacado de una neuropatía reflexiva que en materias filosófico-sociales no le dejaba atinar con las soluciones justas.

Entregado a meditaciones de tal linaje, esperaba a Marcelo. La noche deslizaba lentamente con la precisión de su eterno cielo, a compás de sus rumores peculiares e iluminada por indecisa luz descendida desde el azul con la tenuidad de un beso tímido y con el misterio de un amor furtivo. Algunas luciérnagas trazaban en el vacío los zigzags de su vuelo luminoso o determinaban, deteniéndose en los arbustos, puntos brillantes que parecían ojuelos de hadas o lentejuelas adornando las vestiduras de la tierra. La naturaleza dormitaba entregada a sí misma sin que el volteo de sus horas recibiera impulso de la mano del hombre y sola, moviéndose bajo el empuje de divino soplo, reinaba magnifica, sorprendente, como soberana del mundo, como hija de la eternidad, como madre bienhechora de los humanos destinos. En tanto, Juan esperaba...

Al fin, la puerta crujió y apareció entre los batientes la figura macilenta de Marcelo.

-Siéntate -dijo Juan-, y prepárate a ser franco.

En el semblante del joven duraba todavía la emoción de la tarde. Su color mate habitual y sus anchas ojeras eran más intensas, como si susto no desvanecido o pánico insensato le dominaran.

-Sí, sé franco; no debes ocultarme la verdad -continuó el propietario-. Esta tarde, hablando de generalidades, aludí al crimen; tú palideciste y temblaste. Yo decía que prestáis frecuentemente con vuestro silencio complicidad a las malas acciones, y al indicar que seríais acaso capaces de presenciar un crimen y no ayudar después a la justicia en su pesquisa, temblaste. Mira: ahora mismo tiemblas. ¿Por qué te produjeron tan honda impresión mis palabras?

-Es que...

-Marcelo, tú has presenciado un crimen.

-¡Yo!...

-Tú has sido testigo de un crimen y has callado...

-Pero...

-Te he dicho que es inútil el disimulo. Soy hombre experto; sé leer en el semblante de los demás. Tú sabes, tú tienes noticias de un crimen y no debes ocultármelo. Mi objeto, al indagarlo, no es otro que salvarte, si aún es tiempo, desviándote de la mala senda. No presumas que trate de venderte o de entregarte a la justicia...

-No..., yo no soy un criminal, don Juan...

-... mi intento es caritativo para ti mismo. No soy juez, ni policía; puedo ser tu amigo, como lo soy siempre de mis buenos obreros. El interés que la situación de tu ánimo me inspira obedece a que siempre te he considerado hombre honrado, trabajador sin vicios, elemento utilísimo en mi finca. Sí, más útil y más formal que tu hermano Ciro...

-¡Oh!, gracias, gracias.

-Habla, pues. Hay en tu corazón un peso que debes aligerar. Sé franco; anda, sé franco.

-Pues bien, don Juan: es cierto. Yo he presenciado una cosa horrible. Sí..., yo soy muy cobarde, lo reconozco. Me infunde miedo la soledad, me asusta caminar por lugares solitarios y la idea del crimen me aterroriza.

-¿Has pensado en él?

-Sí; he soñado muchas veces que me mataban o que yo mataba a otro; y tanto miedo me han infundido esos sueños, que cuando veo un arma de fuego siento frío y experimento un mareo inexplicable al contemplar un cuchillo de monte o un puñal.

-¡Vamos..., los nervios: eres pusilánime y no estás hecho para el mal!

-Pero desde que vi... lo que vi, casi no duermo, y cuando al fin me rindo, me asaltan pesadillas atroces.

-Sepamos lo que viste. Refiéremelo todo, sin omitir un detalle.

-Escuche usted.

Y Marcelo, con acento emocionado, refirió una historia lúgubre. Tiempo atrás, residía en la finca de Galante y le habían designado como habitación, para él y su hermano Ciro, una choza situada en lo alto de un cerro. Para llegar a ella era necesario descender una vertiente, vadear, saltando de piedra en piedra el río y subir después el empinado cerro. El camino era estrecho, y con frecuencia interrumpido por escalones formados por el pie de los caminantes en el terreno barroso del monte. Espesos bosques cubrían las veredas y casi podía afirmarse que el sol no bañaba nunca con rayos directos aquellos lugares.

En otra choza, aún más elevada que la de Marcelo, vivía Ginés: un modesto propietario cuyos terrenos colindaban con los de Galante. Ginés, que era joven, vivía con Aurelia, su esposa, una de las campesinas más bellas de la comarca. Marcelo, cuando terminaba la labor del día, acostumbraba comer en la choza de algún amigo, puesto que en la suya no había mujer que se encargase de las faenas domésticas; y Ciro, por su parte, hacía lo mismo. Entrada la noche se reunían los hermanos en la vivienda del cerro, en donde dormían.

Una noche, que siguió a un día muy lluvioso, regresaba Marcelo a su casita. La humedad de la vereda le hacía resbalar a cada instante, y al chocar con los arbustos caían sobre él gotas de agua retenidas durante la lluvia en el follaje.

Llegó al río, y cuando lo vadeaba oyó rumor de pasos. Se detuvo, y llevado de su natural pusilanimidad se escondió acurrucándose detrás de un arbusto. La noche era muy oscura, pero el fulgor de las estrellas filtraba a través del follaje algunos rayos tenues. Entonces, por la vereda de la vertiente, Marcelo vio aparecer un hombre. A pesar de la tenuidad de la luz, le reconoció: era Galante y llevaba una cuerda muy delgada en la mano. El joven tuvo miedo y tembló en su escondite. Había oído decir que Galante era hombre temible y le rodeaba la fama de hechos sospechosos. ¿Qué hacía Galante en aquel lugar y en hora tan desusada? ¿Por qué dejaba la comodidad de su vivienda para rondar en noche tan oscura por los montes?

Marcelo esperó receloso mientras Galante, pasando el río por la calzada en pocos saltos, comenzó a repechar por la vereda del lado opuesto. No bien hubo dado algunos pasos, se detuvo. Palpó en el suelo como quien busca algún objeto y levantose luego con una piedra angulosa y grande en las manos. Entonces hizo algo que Marcelo no pudo distinguir, y el joven vio que Galante, dejando de nuevo en el suelo la piedra, trepó a un árbol de poca elevación, pero muy copudo, por debajo del cual pasaba la vereda.

La escena sobrecogía a Marcelo. ¡Galante, el rico propietario, subido a un árbol en una noche oscura y medrosa! ¿Qué significaba aquello? Galante cabalgó en una de las ramas de árbol y Marcelo pudo ver que desde el suelo elevaba la piedra como por arte de magia. Era indudable que Galante la había atado fuertemente a uno de los extremos de la cuerda, y que en aquel momento la izaba hasta él.

Después pasó mucho tiempo: Galante en el árbol y Marcelo tiritando de miedo en su escondite. De pronto oyose un rumor como de pasos que huellan malezas y escuchose una voz fresca y armoniosa que entonaba una canción. Era Ginés, que habiendo terminado tarde su faena en las máquinas de Juan del Salto regresaba a su hogar.

En lo alto del cerro estaba su casita, y en ella esperaba Aurelia, humeante ya la cena, la vuelta del esposo. La canción de Ginés se desdoblaba en el monte en cien resonancias: brotaba alegre, festiva, sonora, y la repetían las concavidades de la montaña, melancólica, triste, indecisa...

Marcelo vio que Ginés pasó el río y comenzó a subir a saltos el repecho. En uno de los saltos, llegó en donde estaba Galante, lugar por donde forzosamente debía pasar. Entonces, desde las ramas del árbol, Galante soltó la piedra... Ginés, horriblemente herido, lanzó un grito y cayó atravesado en la vereda.

Estaba muerto. Galante descendió del árbol, reconoció el cadáver, lo arrastró por los pies y llevándolo al borde de un barranco lo precipitó en la sima. Marcelo, atónito de horror, vio luego que Galante desanudó la piedra homicida y, retrocediendo por el mismo camino por donde había llegado, se perdió en la oscuridad del bosque.

Durante el relato, Juan del Salto dominó cien veces su indignación. Ginés fue un obrero modelo. En sus máquinas, en los establecimientos de su finca, trabajó mucho tiempo con inteligencia y honradez inolvidables. El día en que se encontró muerto en un barranco, todo el mundo supuso la muerte debida a un accidente casual. No pudo estar ebrio porque no bebía, pero no era imposible que en noches oscuras y caminos resbaladizos el más experimentado diera un traspié.

Aurelia, aquella noche, había oído su voz y distinguido su canción; y Aurelia nada sospechó. El cadáver fue conducido al cercano pueblo y la autopsia fue practicada por el doctor Pintado, resultando de ella que una monstruosa fractura de los huesos de la bóveda craneana, con pérdida de sustancia cerebral y conmoción y contusión del gran centro, había producido la muerte. Se tuvo por seguro que al declive cayó de cabeza sobre un montón pedregoso. Después, nadie se acordó de Ginés.

Juan reaccionaba después del relato, irritado ante tanta infamia. Se asomó a la ventana y buscó en la sombra el lampo en donde estaba emplazada la finca de Galante. Enfrente, en la vecina montaña, se desvanecía aquel predio en las negruras de la noche. Allí estaba, amplio, riquísimo, cuajados ya los suculentos granos productores de opima riqueza. Todos los años, en la época de la recolección, manaba de allí un río de oro.

-¡Miserable! -exclamó Juan, cerrando los puños y amenazando el vacío-. ¡Vas a tu fin sin detenerte en los medios! Quisiste riqueza y la has logrado, llegaste pordiosero a la comarca, pusiste en ella tu pie de tigre, y sobre la trampa y el despojo has edificado una fortuna. ¡Miserable..., miserable! Jamás tuviste conciencia; jamás un impulso honrado guió tus pasos. Oro, siempre oro fue tu religión, y en cambio sólo diste perversidad e ingratitud. Por ahí, por esos montes que para ti florecen, rueda el odioso ejemplo de tu disposición, contaminando las gentes que te rodean. Por ahí rueda, insaciable, el ansia concupiscente que te devora, la ambición desatentada que te esclaviza, el cínico descaro que te alienta y la astuta hipocresía que te encubre. ¡Gran hombre eres tú, gran hombre! Todas las haciendas peligran ante tus cálculos; todas las vidas, ante tus caprichos; todas las honras, ante tus apetitos. ¡Qué ejemplo, qué horrible ejemplo! ¡Regular las clases, mejorar el estado social, desviar las tendencias de la degeneración y la enfermedad..., todo imposible ante los corruptores fomentos de esos envenenadores de la raza, de esos maestros mudos que con el ejemplo esculpen el mal en el corazón de un pueblo y matan en flor los intereses del bien!

Después, quedó silencioso. En aquellos apóstrofes había relampagueado una tempestad de ideas. De ideas redentoras, que al chocar con la realidad se resolvían desesperadas, impotentes. Regenerar, redimir..., tal el supremo fin de sus ensueños de filósofo. Y cuando trataban las ideas de corporizarse para ejercer en la práctica su influencia, sentía ira y dolor al considerar la cuantía del empeño, al reconocer la derrota de sus ideales.

En tanto, en la noche, apenas si se distinguía el contorno de los montes. Un brochazo negruzco dado sobre el fondo pardo del cielo: así aparecían en sus agrias cumbres, en sus fértiles valles y en sus interminables encadenamientos, de los cuales, como gusano anillado, resulta ese monstruo que se llama cordillera. La muerte negra del paisaje encerraba la hermosa albura del próximo amanecer y la quietud del sueño, que todo lo aletargaba; prometía la risueña vida del cercano albor; una vida llena de aleteos, de perfumes, de floridas nupcias; un renacimiento celebrado por las puras alegrías de la naturaleza.

Marcelo, con la mirada extraviada y las manos frías, continuaba temblando. En su limitada inteligencia no surgía un raciocinio tranquilizador. Temía, con irreflexivo pavor, sin saber, a veces, por qué temía, agigantando los fantasmas de enfermizo pápiro.

En aquella horrible escena de que fue testigo, la emoción le había herido sin piedad y cada vez que el recuerdo le dibujaba el cuadro del drama, la herida volvía a enconarse y la emoción, mal dormida, despertaba en él con sacudimiento de nervio electrizado y con palpitaciones de corazón desbocado. La tensión nerviosa le poseía por completo desde el más diminuto músculo hasta la cuenca sagrada donde, rey orgánico, señorea el cerebro. El músculo temblaba y el cerebro, sin la reacción enérgica del raciocinio, se rendía con desvanecimientos de beodo y debilidades de moribundo. Marcelo, empujado por la emoción sobre la enfermedad, se tambaleaba en desequilibrio: era un haz de nervios retorcidos por la neurosis, era amoldable levadura, fácil lo mismo para el bien que para el mal. Alma sin rumbo, dispuesta a ceder ante el soplo impulsor.

Juan, dominando el enojo, volvió a Marcelo.

-Bien -dijo-, Galante mató a Ginés. ¿Por qué lo mató? ¿Nunca pudiste saber el móvil de ese crimen?

-Nunca. Aunque lo que pasó luego...

-¿Qué pasó?

-Que poco tiempo después Aurelia se fue con Galante.

-¿Dejó la casa?

-No, al contrario: Galante la visitaba y la mantenía. Después oí decir que había comprado sus terrenos.

-Sí; eso lo sé con seguridad.

-... y que se los pagó en provisiones y mercancías que le daban, por cuenta de Galante, en una tienda de Vegaplana.

-¿Y después?

-Después, riñeron. Como Galante era dueño de la finca, echó al camino a Aurelia. Ella se fue en busca de unos parientes, llevándose un niño, hijo de Galante, que éste no quiso reconocer. Aurelia ahora vive por ahí, casi de limosna.

-¿Y el importe de la finca vendida?

-Todo se hizo humo: ella está en la miseria...

Quedaron silenciosos: Juan meditaba, sondando abismos; Marcelo le miraba temblando.

-Marcelo -dijo al fin Juan, tranquilizándolo-, lo que acabas de referir es terrible. Presenciaste un crimen, pero tú no fuiste criminal. Si pudieras probar la verdad de esa infamia yo te aconsejaría que no callaras, que acudieras a la justicia, que denunciaras el hecho: ése es el deber de todo hombre honrado. Pero no tienes pruebas. La escena pasó tan escondida y solitaria, que tus esfuerzos para probar la verdad serían inútiles. Calla, pues, y no temas. Procura dominarte y vive tranquilo, evitando que una culpa que no es tuya te quite el sueño. Trabaja, trabaja siempre: nada distrae y reporta tanto como el trabajo. ¿Eres casado?

-No.

-Pero vive contigo una mujer, ¿verdad?

-Tampoco. Una vivió a mi lado algunos meses, pero me separé de ella. Ahora vivo con Ciro, que la mayor parte de las noches me deja solo.

-¿No se portó bien contigo esa mujer?

-Al principio sí. Después me armaba quimeras porque le gustaba beber y yo se lo impedía.

-¿Tú no bebes?

-Nunca. Un día, por complacer a aquella mujer, bebí y quedé escarmentado.

-Vamos, tomaste una borrachera que te duró una semana.

-No. Yo no sé lo que me pasó. Me puse como fuera de mí. Me contaron que pasé un día provocando riñas con el vecindario. El ron me quema la garganta, me produce ganas atroces de saltar y de morder. Aquella vez que bebí, recuerdo que sentía odio por todo el mundo.

-Haces bien: no bebas. Es una mengua. El licor es veneno lento, ¿entiendes? Es gota de fuego que cae lentamente en el estómago del bebedor. Quien se deja dominar por la bebida, es hombre perdido.

-¡Ah! ¡Líbreme Dios! Yo odio ese vicio.

-Lo que debes hacer es trabajar, y para tener fuerzas, comer. ¿Oyes? Tú eres solo; para ti es todo lo que ganas. Estás flaco, pálido; procura alimentarte bien: come carne. El domingo, al amanecer, ve al pueblo y consulta al doctor Pintado. Te daré una carta para que te reconozca y te recete. Necesitas medicinas que te fortalezcan, que te curen las pesadillas y la palidez. Anda, ve a dormir. Hasta mañana.

Marcelo salió, y Juan quedó solo con sus pensamientos.

CAPÍTULO III

Al día siguiente, con los primeros albores, renació en la finca de Juan la actividad de los trabajos.

La mañana humedecía la tierra con gotas trémulas y preparaba en el cielo, con variedad de colores, la imperial recepción del sol. La temperatura era fresca, y las humedades del alba, fecundando bosques, les daban alientos para la nueva jornada, encendiendo el color de las flores, vigorizando el verdor de las hojas, irguiendo la esbeltez de los tallos, invitando a la magnífica cloralia de los campos a lucir al sol las opulentas galas, a entregarse al fraternal comensalismo de las plantas. La navidad serena, siempre serena del día, sonriendo sobre las colinas y los valles. El eterno impulso volteando la rueda de la vida con la constancia aviterna del infinito.

Los trabajos de la granja se reanudaban. Las brigadas de obreros movíanse con cierta prisa que estimulaba el mayordomo, como si la interrupción de la noche hubiera perjudicado los cultivos, como si la intercepción de las horas dedicadas al sueño hubiera atrasado la fructificación de los cafetos. Montesa, el mayordomo, les empujaba: a los de la sierra les hablaba fuerte, porque era preciso que las tablas desgajadas de los gruesos troncos fueran homogéneas, sin remates deformes y de la longitud exigida; y ellos, protestando y prometiendo, se perdían por los repechos en busca de los despeñaderos en donde se levantaban los árboles condenados al hacha; a los de la recua que conducía semillas de bananos y espiguillas de café les recomendaba premura para que llegaran en breve al terreno ahoyado en donde debían sembrarse, pero esa prisa sin apurar las pacientes mulas con latigazos inútiles y sin abusar del hercúleo burdégano, capaz él solo de sustentar la carga de tres bestias; a los camineros les increpaba la torpeza con que hicieron el trabajo anterior, y soltando cuatro ternos les lanzaba al rostro la brutalidad cometida al arrojar pedruscos arrancados para hacer caminos sobre los cafetos de la margen, tronchando tallos preciosos que por esa causa tenían que ser resembrados; luego tocaba a los carpinteros, a quienes reñía por la pobre tarea de la anterior semana. Sí, allí todos eran para Montesa unos zánganos, unos perezosos, que no tenían ni ojos ni trino y, muchas veces, ni buena intención.

Aquel Montesa era criollo, compatriota de la turba de pálidos que preocupaba a Juan del Salto; pero tenía historia de hombre que anduvo el mundo. Cuando chico, bajaba con frecuencia al llano, en donde estaba situada la población cabeza de partido. Desde las cumbres había visto muchas veces, allá, hacia el sur, un lampo marino, una franja de plata en donde el sol producía los incendios del mediodía. Pudo con frecuencia contemplar aquella superficie extensa, distinta de la tierra, que se perdía a lo lejos, en el país de los misterios, en los horizontes de lo desconocido. Mas el día en que, bajando al llano, contempló el mar desde la orilla, quedó suspenso, mudo de asombro, embargado por la emoción inesperada, como aquel que formándose determinada idea de algo palpa en la realidad cosa distinta. Contempló por primera vez el océano echando la cabeza hacia atrás, irguiéndose para alcanzar más lejos, respirando con ansia la marina brisa.

Montesa quedó aquel día esclavo del infinito. El espectáculo del mar fue desde entonces el deseo de sus horas de asueto, el pretexto para sus fugas de muchacho, el tema de sus ponderaciones y de sus cuentos, relatados en cuclillas a los demás flacuchos del monte. El mar le parecía grande, hermoso... A su imaginación sin cultura le faltaban puntos de comparación en la tierra, y los buscaba en el cielo, pensando que la enorme superficie de agua era tan grande como la techumbre celeste. El mar fue para Montesa algo que se desea, algo que sugestiona, algo que se sueña. Un día bajó al llano conduciendo, con otros campesinos, una recua cargada de frutos, y no volvió al monte. Su familia supo que había resuelto dedicarse a las labores de otra especie, y con indiferencia musulmana le olvidó pronto.

El chico, en tanto, recorrió una gama: sirvió de palafrén, de mozo de caballería, de criado de tienda, y en mil oficios más.

Al fin, ya más mozo, logró que le dieran trabajo como cargador de muelle, y desde aquel día, en la carga y descarga de los barcos, en la estiba de los almacenes y de las bodegas o en el remo de los botes y la percha de las lanchas, ya no pensó en tierra adentro, ya no se acordó de la selva nativa; el mar, su amo, estaba allí, cautivándole con sus murmullos y embriagándole con sus espumas.

Otro día, el capitán de un barco anclado en el puerto fue conducido a tierra gravemente enfermo. Se necesitó un enfermero, un criado a prueba de sueño, y Montesa fue elegido.

Algunas semanas después, el capitán, ya curado, experimentó esa generosidad expansiva que se apodera de todos los que escapan de un gran peligro. ¡Ah..., bueno era aquel muchacho! El marino propuso a Montesa pidiese el premio de sus servicios, y el enfermero planteó el problema que le ocupaba el pensamiento: partir, ser marinero, navegar, arrojar la punta del cigarro en alta mar.

Y a poco, el reconocido capitán llevose al criollo a tierras lejanas. El primer viaje fue penoso: pusiéronle a prueba la horrible enfermedad del mar en el Canadá: un frío espantoso estuvo a punto de helarle la sangre en las venas.

Este noviciado fue breve; al poco tiempo, sobre su juventud, que empezaba, reaccionaron las fuerzas, y fue curioso verle crecer y redondearse, adaptándose al nuevo medio, amoldándose a la nueva vida y transformando la pobreza fisiológica de sus primeros años en gallarda robustez, caldeada por lozana ebullición de glóbulos rojos, que, como si hallasen estrechas las arterias, parecían quererle saltar por el semblante.

El criollo, a fácil precio, cambió de temperamento. El privilegio climatérico grabó en él su signo sonrosado y el ser condenado a la enfermedad quedó convertido en tipo apto para el cruce selectivo de su especie. Luego, en su nueva vida, vinieron otros vaivenes. Viajes a la zona tórrida, largas navegaciones a Australia, travesía al África: una vida marinera que le saturó del oxígeno de las cinco partes del mundo. Del primitivo barco pasó a un vapor mercante; de éste, a otro; luego, cambiando con frecuencia, navegó sobre cien quillas.

En tanto, pasaron años y Montesa cumplió cuarenta. Entonces una idea fija, que desde hacía tiempo le preocupaba, tomó cuerpo en su imaginación: el suelo nativo. Era como un ansia secreta: ni hambre, ni sed, ni dolor; una sensación especial, muy honda, con sabor de pena íntima, con vaguedad de melancolía. Era que el recuerdo encendía lucecillas para que pudiera contemplar los días de la infancia; y Montesa, dominado por la intensidad de aquel anhelo, no pensó en otra cosa que en retornar a la colonia. Contó sus ahorros, que le cupieron en la petaca; combinó el regreso, y, al fin, volvió a su montaña.

Cuando sus antiguos camaradas le vieron, le consideraron un ser extraño. Un hombretón fornido, tostado, rollizo, con la cara llena de pelos, y de tan recia musculatura que podía derribar de una puñada a cualquiera. Los campesinos se extasiaban contemplándole y, sobre todo, oyendo sus relatos. Al fin llegaron a respetarle como a un ser superior, y se regocijaban cada vez que le oían decir palabrejas de extraños idiomas, rogándole que repitiese aquel yes, aquel sapristi y aquel contundente god damn, que les hacía desternillar de risa.

Después de su regreso, Montesa construyó una casita... Una casa con techumbre de cinc, con pavimento de madera, con paredes herméticas, con aldabas, con picaportes y con llaves. Todo en pequeño y humilde, pero todo lo racionalmente necesario para hospedar seres humanos.

Con la modestia que le permitió la escasez de su erario, puso casa, halagándole con una cama, la ropa necesaria, media docena de sillas, otra media de platos, y la vajilla imprescindible para salcochar con decencia los alimentos.

Terminado el nido se casó: una moza del valle le abrió los brazos, y santamente les unió el cura en la vecina parroquia. Desde aquel día, a trabajar: ella, al hormiguero doméstico; él al monte. A sus buenas condiciones debió el puesto que ocupaba; Juan del Salto le atrajo, le encaminó en el aprendizaje del nuevo oficio, y muy pronto llegó a ser en la finca el hombre de confianza. En tanto, allá, en la casita, cada año nacía otro Montesa...

Más de una vez, Juan había reñido a Montesa por su dureza al tratar a los campesinos. No; era preciso ser condescendiente, ser amable. Mas él no entendía de pamplinas. Buena hubiera ido la cosa si a bordo de los barcos hubiera el capitán guardado el rebenque en la gaveta. No, señor; palo, mucho palo. Así se impulsa a la gentuza.

Juan le advertía que aquel rigor era inhumano, que nadie tenía derecho a atropellar al prójimo atacando los derechos del ciudadano libre, intentando convencerle, además, de que una cosa era la cubierta de un barco y otra las vertientes de los montes. Pero

Montesa no entraba en vías de convicción: era rudo, agrio, dado a blasfemar y a considerar a los obreros como bestias sólo obedientes y sumisos bajo el estímulo del castigo.

A los obreros, más de una vez, ocurrió la idea de darle un manteo. Pero ¿cómo? Aquel diablo tenía en cada bíceps un yunque, en cada puño un martillo y en cada pierna un batán muy capaz de dar a probar, en momentos dados, el rey de los puntapiés. Se resignaban, pues, ante la fuerza física, ante el despotismo de una voluntad más fuerte. Si alguien pensó enconado en la traición, tembló ante la posibilidad de un descalabro en que, descubierta aquélla, le apretasen con estranguladora rabia aquellas manazas...

En su hogar, Montesa era otro hombre. Su mujer le parecía la mejor de la comarca; sus hijos recibían mimos de nodriza. Allí todo el mundo andaba vestido, calzado. ¿Qué es eso?... ¿Andar desnudos los chiquillos? ¡Valiente cochinada! En ninguna parte del mundo había visto él tales miserias. Era menester que los chiquillos tuvieran zapatos o alpargatas, y acudieran a la escuela rural, y aprendieran a leer, para que no les pasara lo que a él, que aprendió el abecedario ya viejo y cuando le era más difícil que anudar un cable o recoger una driza. En casa de Montesa había orden, método, horas fijas, ropas en los lechos, lumbre en la cocina. Una casa, en fin, pobre, humilde, pero que tenía cabeza y pies, y donde podía el anfitrión asegurar sin mentir: «ésta es mi casa».

Tales circunstancias afirmaban la superioridad de Montesa sobre las gentes de la montaña, y éstas gustaban de congraciarse con él, mientras en las alternativas y dificultades surgidas en los trabajos le oían decir con frecuencia:

-¡Arre allá!... ¡Gaznápiros!... Sois unos hueleflores...

Aquella mañana, con su acritud habitual, repartió los trabajos, y cuando todos los campesinos desfilaron, montó en un caballejo escuálido y fuese tras ellos.

Algunas mujeres de las que vivían en las casitas cercanas a la granja comenzaron a discurrir por la explanada en donde estaban situados los establecimientos. Algunas bajaban al río llevando en la cadera una hoja de palma seca y acanalada, y en ella montones de ropa sucia que debían enjabonar en la corriente. Otras buscaban astillas de leña para avivar los hogares: tres piedras ahumadas bajo un cobertizo de paja abierto a todos los vientos, y sobre las piedras un caldero orinoso y quemado.

Otras mujeres regresaban de la tienda de Andújar con las vituallas para la colación del día: cuatro piltrafas compradas por algunos centavos o nada, a cuenta de los trabajos que los maridos y los hijos debían hacer en la semana. Otras, sentadas en los umbrales, lactaban niños pálidos, o desgranaban maíz, o apilaban judías, o, en grandes morteros, trituraban café hasta convertirse en polvo grosero; y todo aquel conjunto de seres tenía impreso en el semblante un extraño tinte de pesadumbre que hacía más ostensible el contraste de las sonrisas.

De pronto, una viejecita muy menuda, de facciones afiladas y extraordinaria flaquencia, apareció en la explanada.

-Vieja Marta -gritó una mujer que mondaba patatas sentada sobre un trozo de madera-, vieja Marta, venga usted a contarnos la historia del domingo...

¡Aquí lo hemos sabido todo!

-Cállate tú, indina -repuso la viejecita-; buscan reírse a mi costa..., ¿verdad? Lo que deben hacer es prestarme un machete y dejarme cortar unas rajitas de leña.

-Aquí hay un machete -dijo otra-, pero venga el cuento. ¿Quién le pegó a usted el pescozón?

-Algún... siniquitate...

-¿Es verdad que le arrancaron el pañuelo del moño?

-Los ojos le hubiera yo arrancado... Pero mira, hija, aquel muchacho, mi nieto, no tiene botones en la camisa. Mira, por vida tuya, si me encuentras uno, aunque sea viejo. Anda, lo necesito.

-Bien, vieja Marta, aquí está el botón; pero vamos al cuento. ¿Es verdad que Montesa barrió a puntapiés la jugada?

-Ésos son abusos... Yo pasaba casualmente por la orilla de la quebrada, y si no ando lista me atropellan... ¡Ah!, también necesito un manojo de tamarindos. Son para una purga, ¿sabes?

-Pero parece imposible que entre tantos hombres no pudieran darle a Montesa una pescozada.

¿Montesa? ¡Pobre del que le busca bulla a Montesa! ¡Y miren que ese Deblás es atrevido!... Pero ¡ca!, se achicó y no hizo frente al otro. ¡Y qué patada me le dieron a Gaspar! Me alegro, para que no sea tan canalla...

-¿Y a usted qué le hicieron, vieja Marta?

-Vamos, no me embromen más: ustedes no respetan a los viejos... Hombre, ahora que me acuerdo; allá dejé en la quebrada una ropilla sucia, si me dieran ustedes un cachito de jabón se lo agradecería...

Las mujeres reían celebrando los visajes de la vieja. Todos los días la misma visita, todos los días la excursión matinal de Marta, recogiendo piltrafas y amontonando menudencias que otros tiraban, para pasar el día lo más económicamente posible. Era la avaricia husmeando el ahorro, removiendo lo inútil para obtener el beneficio barato o gratuito. Pedir, eternamente pedir, presentando como pretexto aquella vejez decrépita y aquellos cabellos blancos, que no inspiraban veneración. En tanto, algunos quintales de café que ella misma, en su pedazo de tierra, cosechaba, y ella misma descortezaba, y ella misma tendía al sol, y ella misma secretamente vendía, desaparecían convertidos en dinero, sin que nadie supiera su paradero y sin que, ni en el vestido ni en la casa, ni en el hambriento aspecto de su nieto, dejaran huellas. Su avaricia era sórdida, anhelosa, capaz de llegar al crimen. El huevo abandonado por una gallina en una umbría del monte, ¡qué fortuna!; el arroz o el azúcar escapado de un saco roto al transitar por el camino las recuas, ¡qué hallazgo!, los bananos regalados en el vecindario, ¡qué ventaja! Era la enfermedad ansiosa del acúmulo, la locura febril del botín.

Vivía cerca del río, en un predio de su propiedad, de algunos metros cuadrados, en una choza miserable y bajo la poética sombra de un cerezal que ella no merecía. En su soledad, sólo un nieto la acompañaba: un niño de catorce años, de atrasado desarrollo, que parecía no rebasar de los seis. La buena abuela le mataba de hambre; cuando se es pobre, es menester acostumbrarse a la necesidad, porque dondequiera está Dios. Con algunas verdurillas y un poco de salazón los domingos, cualquiera vive y engorda. Lo importante era aprender a trabajar y ser económico. Cuando hay sol se quita uno la camisa y los zapatos, que son cosas inútiles que no sirven más que para tropezar. Luego, a los animalitos se les debe cuidar, aunque sea quitándose uno el alimento de la boca y dejándole algunas migajas al pobre cerdito y a las pobrecitas gallinas. De ese modo se aprendía a ser caritativo y no se acostumbraba el estómago a malas mañas.

El escuálido nieto vivía del aire, sujeto a la mísera ración que aquella ancianidad inicua le escatimaba. Las gentes aseguraban que Marta enterraba su dinero: el producto de sus cosechas, de los huevos y gallinas que vendía, de los cerdos que beneficiaba, de los líos de ropa que lavaba... Cien caminos distintos le servían para llegar a la ganancia, y esa ganancia desaparecía como por encanto por algún agujero del bosque. Y así, merodeando siempre, barría los miserables despojos abandonados por la turba campesina.

Un día pasó Marta un gran susto. Había ya anochecido, y todo en la choza se disponía al sueño. Habíanse colocado las gallinas en la más alta rama del árbol más cercano; habíase atado al cerdo a uno de los débiles estantes de la cabaña; habíase apagado el rescoldo del hogar; y, por último, como escudo contra las asechanzas de afuera, habíase colocado la gran hoja seca de palma, que hacía, con impenetrabilidad de criba, el papel de puerta. Todo estaba en silencio, el nieto dormía en un rincón el hambre del día, mientras la abuela, acurrucada en una hamaca, sentíase ya presa de la modorra del sueño.

De pronto oyéronse pasos, y la hoja de palma crujió. Marta levantó asustada la cabeza y husmeó con recelo.

-Buenas noches -dijo una voz desconocida.

-¿Quién está ahí? -contestó ella.

-Soy yo.

-¿Yo?

-Abra usted y déjeme entrar para dormir ahí dentro.

-¿Y quién es usted?

-Un hombre que usted no conoce; un hombre que no le hará daño si usted es caritativa con él.

La vieja estaba desolada. ¡Dios mío! ¡Dar hospitalidad, hospitalidad a un desconocido! ¿Cómo hacerlo cómo hacerlo? Ella tenía en su conciencia la necesidad de rescatarse. Su tesoro estaba en el monte; pero ¿quién podía responder de que, asida por la garganta, no la obligaran a descubrir el escondite? ¿Cómo eludir el peligro? En tanto, la voz continuó:

-Abra usted y no tema. Un rincón me basta para acurrucarme, y con el alba me marcharé.

-Es que yo no le conozco a usted.

-Mejor es que abra y no me obligue a derribar de un puñetazo el tabique -añadió el de afuera, ya impaciente.

-Bien..., bien; ya va.

Y Marta abrió.

Al fulgor de un cielo estrellado vio a un hombre joven aún, pero de mala catadura y haraposo traje. El desconocido penetró de un salto en la casa, que se tambaleó como barca movida por las olas. Después, palpando en la sombra, se acostó junto al nieto, que se revolvía en el pavimento sobre un revuelto montón de trapos viejos. Marta, llena de miedo, procuró congraciarse con su huésped:

-No; yo no niego posada a los infelices; pero como nadie lleva escrita en la frente la hombría de bien...

-De mí no tema usted nada.

-Pero ¿quién es usted? Yo no me acuerdo haberle visto nunca en el barrio, y aquí yo conozco a todo el mundo.

-Hace tres meses vivo en estos lugares. No en los caseríos, ¿oye?, sino en el monte.

-¡En el monte!...

-Sí. Ando con cien ojos, sacándole el cuerpo a la justicia. Yo supongo que es usted una buena mujer y no venderá...

-¡Ah!... Eso no...

-...Yo soy desertor de presidio.

Marta sintió que la mano del miedo la acariciaba el vientre. ¡Un desertor! ¡Un criminal que merodeaba por los cerros, sabe Dios con qué intenciones!

-Pero yo no hago mal a nadie. Sólo en el caso de que quisieran perseguirme y entregarme sería capaz de ofender a otro.

-¿Y por qué le llevaron a presidio?

-Ésa es historia vieja. Un día se me subió la bebida a la cabeza, reñí con otro hombre y lo maté. Fui preso y condenado a doce años de presidio. Primero estuve a punto de morir de rabia; después, me propuse aprovechar una ocasión... Llegó al fin. Nos llevaban a trabajar a las obras de una carretera, y en un momento bien aprovechado le metí la cabeza al monte. He recorrido, huyendo, toda la cordillera hasta que llegué a estos lugares en donde tengo un pariente. Comí frutas del monte y pedazos de bacalao que me daba la caridad de los vecinos que iba encontrando en el camino. No sé adónde voy, ni lo que será de mí. No tengo casa ni me atrevo a bajar al llano: sé que me persiguen. Ya sabe usted mi historia. Hoy me sentí enfermo, mi cuerpo temblaba con las lloviznas y sentí que me desmayaba. Bajé por esa vereda y encontré este bohío. Después, gracias a su caridad, aquí estoy, y ya me siento caliente y repuesto. ¡Dios le pague, buena vieja, el bien que me hace!

Marta escuchó el relato con los ojos muy abiertos. Si aquel hombre abrigaba traidoras intenciones, no la sorprendería dormida.

Conocedora de los rincones de la casa, alcanzó en la sombra el mango de una azada vieja y le atrajo hasta colocarlo previsoramente a su lado. Si el desertor hacía el más ligero movimiento sospechoso, ella se sentía con fuerzas para hundirle el cráneo al primer golpe. Así, sin dormir, pasó la noche, mientras el prófugo roncaba tranquilamente.

Muy temprano cambiáronse algunos cumplidos. Marta agradecida de su huésped, porque había dormido sin malas intenciones, se dignó magnánimamente partir con él el borroso café. Aquella mañana el nieto alcanzó poca dosis del desayuno. El desconocido se despidió dando las gracias.

-Yo no olvidaré su caridad -dijo-. Si alguna vez me necesita usted, puede contar conmigo. ¿Cómo se llama usted?

-Me llamo Marta. ¿Y usted?

-Yo... -contestó el otro receloso y mirando a todos lados-, yo me llamo Deblás.

Y desapareció en el bosque, llevándose el gran peso que su presencia había acumulado sobre el ánimo cobarde de Marta.

En aquella otra mañana, las mujeres de la granja de Juan del Salto rieron mucho tiempo a expensas de la avara, suministrándole, en lo posible, los cachivaches que con voz estudiadamente amable les pedía. Acostumbradas a sus diarias visitas, se la consideraba un ser digno de lástima, aunque a veces le echaban en cara su avaricia y su crueldad con el nietezuelo.

Todavía hubiera continuado por más tiempo la juerga bromista si por la vereda que conducía a la explanada no hubieran aparecido dos jinetes.

Caminaba delante el padre Esteban, cura de la parroquia, que recogidos los hábitos hasta el arzón, mitad cura, mitad seglar, dejaba ver las piernas, forradas por las botas de montar. Seguíale Ciro, montado en una mula aparejada con inmensas albardas que casi ocupaban el ancho de la vereda.

El padre Esteban, en funciones de su ministerio, recorría con frecuencia las montañas. Era un hombre de cincuenta años, de genio muy vivo y complexión enérgica. Cosa corriente era verle aparecer por los cerros inesperadamente, cuando algún campesino, queriendo reconciliarse con la fe, le llamaba a su lado.

En aquella ocasión andaba por el barrio desde la tarde anterior. Hizo noche en una cabaña, y viniéndole de paso, quiso, de regreso, entrar en la granja de Juan.

Juan y él se entendían perfectamente. Ambos amaban la investigación, y con gran facilidad se enmarañaban en arduas y apasionadas discusiones.

El padre Esteban era un carácter abierto, franco. Su condición de sacerdote no había logrado imponerle esa solemnidad amanerada en que a algunos de su ministerio les gusta mostrarse, como si fueran hombres distintos, naturalezas más perfectas, seres óptimos. No; el padre Esteban se pirraba por un buen vinillo; fumaba, si podía, buenos vegueros y comprendía con instinto esencialmente humano que unos ojos negros de mujer hermosa pudieran empujar a ciertos pecadillos. Era, en suma, un carácter alegre, expansivo, al alcance de todo el mundo, sin que esto excluyese alguna que otra exageración genial, con la que probaba en determinadas ocasiones que no era tan oveja como pudiera aparecer, y el natural apegamiento y convicción en asunto de culto. Su amistad con Juan, íntima e igual, venía de viejo, amistad que conoce los rincones de la casa amiga, los secretos de todos los parientes. El padre Esteban llegaba siempre allí con la familiaridad de quien conoce bien el camino.

Ciro, el hermano menor de Marcelo, había sido enviado el día anterior al poblado. Todas las semanas solíase enviar un emisario listo para llenar competencias necesarias al servicio de la granja. De regreso, Ciro, muy de mañana, encontró en el camino al padre Esteban, y siguiendo sus huellas llegaron juntos a la finca.

-Buenos días -decía pocos momentos después Juan al padre cura-, ¡buenos días! Dichosos mis ojos que le pueden ver tan fuerte como siempre y tan diestro en este afanoso repechar de las montañas.

-Hombre, no va mal. Ayer tarde, por ahí, por esas abras, agonizaba un infeliz. Me quiso a su lado (cosa que va siendo rara entre estas ovejas sin ato), y yo cumplí a su cabecera mi divino oficio. Pero anoche no pude regresar: era muy tarde. Dormí allá arriba, ¡qué sé yo dónde! En casa de un saltamontes, a juzgar por lo escabroso de su vivienda. Siempre fue misericordia el darme donde dormir, ¿eh?, pero ¡qué noche, amigo! ¡qué noche! Me chupaba los dedos de frío.

Y el padre Esteban refirió los detalles de la noche en la selva. Tuvo que dormir vestido y con botas para defenderse de los helados hilos de aire que por los intersticios del tabique se filtraban como soplos misteriosos. Juan reía y protestaba. El padre Esteban debió hacer noche allí, en su finca, en donde hay hogar hermético y frazadas capaces de hacer sudar a un carámbano. Mas el sacerdote no era hombre exigente; llegó la noche, le sorprendió entre dos barrancos, y por allá pernoctó tan santamente. Ahora la cosa variaba, hacía buen día y no eran grano de anís las millas que había que correr hasta llegar a la feligresía. Por lo tanto, se le impuso la necesidad de un buen aperitivo como avanzada de un mejor almuerzo.

Juan se dispuso a complacer sus deseos. Bebieron un moscatel que, aunque muy alcoholizado, pasaba por bueno en la comarca. Y así, en cordiales expansiones, esperaron la hora del almuerzo.

Como siempre sucedía, la conversación recayó en el tema predilecto. Las cosas de la vida, el estado social de la colonia, la miseria pública, la nerviosidad de las costumbres, la necesidad de una gran espumadera que depurase el corrompido monstruo de las cordilleras...

-Y la única depuración posible -decía el sacerdote con tono convencido-, lo único que puede sanear este osario de vivos es la fe. Sí, la fe, que llena de salud el gran pulmón del mundo; la sublime fe, que redime a los esclavos del espíritu. Es preciso que este montón de ilotas levante la cabeza y vea detrás de esa bóveda azul la felicidad suprema de otra vida. ¡Que crea en Dios, hombre, que crea en Dios! Porque aquí no se cree en nada, aquí no se espera nada. Esta gente vive muriendo, acabándose poco a poco a cambio de placer, como la piel de zapa de Balzac...

Juan sonreía, haciendo movimientos negativos con la cabeza. Como de costumbre, la gran cuestión estaba planteada. El padre Esteban, empeñado en salvar la sociedad arrastrándola en el carro de las creencias. No; aquello era volver sobre lo mismo: encerrarse en el secular círculo vicioso de todos los escolásticos. Para creer es menester reflejar sobre la materia organizada el haz luminoso de ideas que inspiran las creencias, es menester digerir esas ideas en el admirable estómago perceptivo del cerebro, transformándolas después en juicios justos, serenos, sensatos, razonables. Y el cerebro de aquellas gentes precedía doliente a las enfermizas reacciones de un cuerpo herido de muerte. ¿Cómo, entonces, pedirles aquella soberbia digestión del pensamiento para forrarles el cuerpo de convicciones inconmovibles capaces de resistir las luchas contra el genio del mal?

El padre Esteban escuchaba con impaciencia.

-No -decía-; ¡error! ¡error! y ¡error! La fe no necesita ese flujo de ideas que la filosofía profana exige como condimento irreemplazable de sus manjares. Para creer basta con creer. Que suene la campana de la iglesia, que el ruido se desdoble con vibración mística y abarque los horizontes; que llegue del llano a la cumbre; que suba como onda suave y penetre en todos los hogares y llegue a todos los corazones, y todos los corazones experimenten la emoción del humilde ante el grande: eso es fe. Que se ilumine el altar; que irradien fulgor cariñoso los cirios; que se desprenda el aroma del incienso; que los fieles sientan el poderoso atractivo de la dicha entrevista y lleguen y se prosternen y oren: eso es fe. Que la palabra de Dios acaricie como mano maternal, desde el púlpito, las cabezas dobladas de los devotos; que explique en olas de elocuencia los sagrados misterios de la iglesia; que se desgranen sobre el concurso, como bendita simiente, las leyes religiosas, y ese concurso escuche, y se conmueva, y rece contrito, y aspire al perdón de sus culpas: eso es fe. Y no lo dude usted: eso salva las clases y regulariza el mundo, y en estos montes llenos de parias haría levantar una clase regulada, ennoblecida por el trabajo y la redención. Pero no... Suena la campana, y como quien oye llover; se ilumina el altar y abren con estupidez la boca para seguir las espiras humosas de los cirios; habla el sacerdote desde el púlpito, y por un oído le entran y por otro le salen las palabras. ¡Hay que insistir, hay que luchar! Fe, y sólo fe, puede salvar esta generación de fantasmas, sacándola de la alberca en que se revuelve.

Juan negaba, interrumpía al padre Esteban, trataba de probarle que no era posible tan honda influencia en las prácticas religiosas. Las religiones positivas eran efluvios efusivos del sentimiento, que, cuando no perfección más absoluta, necesitaban, para nacer en el hombre, que éste tuviera organización nerviosa para determinarlas. Además, pueblos enteros exagerando los sentimientos religiosos habían caído en la superstición, estacionándose en la ignorancia. Él consideraba anacrónicas tales filosofías. Decía que los tiempos son hoy de análisis, de amplio examen, de libre crítica; que era menester investigar en los horizontes, porque lo mismo los fenómenos físicos que los morales se encadenan y gravitan entre sí como los astros.

El padre Esteban alzaba la voz, discutiendo con calor. Aquello era la disipación, la crápula del buen sentido. La fe era una potencia como la honda agitada en torno de la mano del hondero. Una vez abierta esa mano, iba la piedra, arrojadiza y veloz, a determinar la amplia trayectoria. La creencia era como la honda: iniciado el sentimiento a través del tiempo y venciendo todos los obstáculos, volaba trazando inmensa trayectoria para ganar las lontananzas de lo porvenir. Y Juan, sintiéndose poseído de entusiasmos analíticos, se enardecía también, se acaloraba, penetrando en ideas de otro orden y en profundidades en que había pensado muchas veces.

-No, Pater -decía-; su natural devoción por el dogma religioso le hace considerar como causa lo que es sencillamente efecto. El descreimiento, la indiferencia que observa usted en estas gentes, no obedece a otra causa que a la ineptitud para pensar. Concedo que en el corazón de otros pueblos obre como causa la propaganda impía que aleja a las multitudes del culto, relajando los vínculos de la fe. Pero aquí, no. Es imposible que haya creencias donde no hay creyentes...

-¿Y por qué no los hay?... Porque no se les ha formado el alma...

-No; porque no se les ha formado el cuerpo... Y para probar a usted la firmeza de este parecer, le diré que aquí las supersticiones dominan tanto como los vicios. Y, al cabo, ¿qué son las supersticiones más que productos morbosos? Desengáñese, mi querido Pater, las causas de este gran infortunio se remontan a lejanos orígenes. Imagine usted un elemento étnico venido a la colonia en días de conquista para sufrir una difícil adaptación a la zona cálida. Aquel elemento inicial no pudo prosperar físicamente: las luchas, los recelos, las campadas a la descubierta, las influencias del nuevo suelo, la dureza del nuevo clima, la diversidad alimenticia...; todo, en fin, desecó aquellas corrientes de vida, empobreciendo la generación trashumante y deprimiendo la estirpe. Después vinieron los cruces. ¡Cuánta mezcla! ¡Qué variedad de círculos tangentes! Un cruce caucásico y aborigen determinó la población de estas selvas. También la hembra del conquistador engendró en la nueva zona a los hijos del recién llegado; pero éstos fueron los menos, porque la hembra europea tardó en venir al paraíso encontrado en los mares. La hembra aborigen fue el pasto; su gentileza bravía, el único manjar genésico, el único fecundo claustro en donde se formó la nueva generación. Esa mezcla fue prolífera, ¡pero a qué precio! El tipo brioso de la selva cedió energía física; el tipo gallardo y lozano que pisó el lampo de occidente cedió robustez y pujanza. De esta suerte, el compuesto nacido, el tipo derivado, resultó físicamente inferior; organización deprimida, que había de ser abandonada al discurrir de los siglos. La raza aborigen fue débil ante el choque y sucumbió, borrándose para siempre del haz de la tierra. Su prole, el tipo hijo de la mezcla, fue engendrado en la desgracia, en el recelo, bajo la sugestión del miedo, en el amplio tálamo de los bosques, bajo la imposición del más fuerte. La hembra fue máquina. El amor, hijo del ensueño, humareda del sentimiento, armonía del espíritu, no tomó parte en la impregnación. Fue un ser caído bajo el ardor epiléptico de otro, en medio de la grandeza de un suelo lleno de esplendores, en la umbría lujuriosa de las selvas, bajo el galvanismo de un sol ardiente. Y allí, de esa caída, se levantó la nueva estirpe; la congénere de la que debía poblar el Canaam del siglo XV, la región más hermosa de la tierra. Después, el tiempo hizo lo demás. Nuevas tangencias de vida continuaron la labor. La marmita generadora continuó produciendo nuevas capas, cada vez menos fuertes, cada vez más deprimidas, cada vez más semejantes a la originaria. ¡Horrible corriente, que va fatalmente a la muerte! ¡Caudal de vida condenado a extinguirse bajo la depresión constante que fermenta en los organismos!

Y así diciendo, Juan se erguía, enardecido, elocuente, formulando los conceptos con profunda convicción, como quien abriga la seguridad de convencer a los demás.

El padre cura, en tanto, movíase impaciente en su asiento o paseábase por la habitación; a veces, poniéndose muy serio; a veces, sonriendo desdeñosamente. ¡Qué tanta fanfarria! ¿Adónde se iría a parar si para saber lo que padece el enfermo hubiera que preguntárselo a los abuelos comidos ya por los gusanos? Aquel modo de discurrir estaba fuera de la realidad. Ni más ni menos que el problema del cuento: ¿quién fue primero, el huevo o la gallina? Vamos, la cosa no era tan ardua. Enseñanza, cultura, prédicas, buen ejemplo: he ahí el modo de domar la fiera.

-Porque tampoco es cosa de abandonarles -decía-. Es forzoso hacerles entrar en cauce, es menester encaminarles de algún modo...

-Sí; pero ese modo debe ser eminentemente humano y eminentemente físico.

-Mucho habrá que rebuscar para descubrir la droga que opere el milagro.

-No tanto..., aunque la redención tiene que ser lenta.

-Pero habrá que iniciarla algún día, supongo.

-Sí, para que se consuma a la larga.

-¡Es terrible tener que aguardar a los siglos futuros para resolver problemas!

-En la vida de los pueblos, un siglo es un minuto. La constancia y el tiempo conquistan el mundo. Si ese problema ha de ser resuelto, vendrán olas de nueva vida, torrentes de extraño vigor, prodigalidad de previsores cruces étnicos, los alientos, la vitalidad que aquí faltan, el medio ambiente de libertad sincera y honrada que no se tiene. Vendrá la savia de una alimentación positiva que en el equilibrio funcional no produzca déficit; vendrá, por todos los medios, la escuela obligada, la vacuna impuesta, la higiene forzosa, la defensa imperiosa contra los agentes atmosféricos y telúricos; el servicio militar, que convierte al débil recluta en robusto veterano; el fomento de la caza, que hace sacudir la molicie y premia la agilidad; la necesidad de indumentaria que despierta rubor por la desnudez; el fomento de cultivos alternantes que permitan sana variedad alimenticia; el estímulo que inicie una urbanización reglamentada, lógica, sana, barata, y, sobre todo, vendrá la mano piadosa que arrebate a estas gentes el veneno lento, el miserable enemigo de la salud, de su paz, de su redención... ¡el alcohol!

-Pero ¿y la Iglesia, hombre? ¿Dónde me deja usted la Iglesia?

-La Iglesia llegará, con la cultura, a los corazones aptos para sentirla. Primero, la salud, luego, la creencia en quien quiera creer.

-¡En lugar secundario! ¡No, y cien veces no! Primero, la creencia; luego, la salud del alma; después, la salvación del cuerpo, la redención de la materia...

-En los grandes fenómenos de la Naturaleza no hay preferencias ni pretericiones.

-Bien; pero...

-Todo es primario, todo es importante, todo es trascendental.

-Mas hay que partir de anchas bases, y la religión es un punto de partida que...

-Nada es primero, nada es último. Tome usted en su mano una esfera absoluta: todo es redondo, ¿verdad? ¿Podría fijarse el punto en que esa esfera empieza y el punto en que acaba? ¡Imposible! Pues bien; nuestra tesis es como aquella esfera: dondequiera que se ponga el dedo puede ser el punto de partida. ¡Todo es primero, nada es último!...

En aquel momento avisaron que el almuerzo estaba servido. Platicando siempre, los dos amigos se dirigieron al comedor, en donde, servida la colación, humeaban los manjares con apetitoso atractivo. Habíanse ya sentado, y todavía el padre Esteban filosofaba:

-Todas esas ideas son bonitamente inmorales. Lo primero es lo primero. La fe, ¡qué gran remedio! ¡Qué medicina tan...!

-Mire usted, Pater -interrumpió Juan, destapando una fuente y descubriendo un gran pedazo de carne-, mire usted: he aquí una de las medicinas que necesita ese pobre enfermo...

Y entregándose al almuerzo, comieron y rieron con la jovialidad de dos amigos de colegio.

CAPÍTULO IV

Junto al río, sentados sobre un prado de musgo, varios campesinos jugaban naipes. Había allí un bosquecillo, un lugar oculto, libre de las miradas de los que transitaban por el camino y situado detrás de la tienda de Andújar. Parecía una cripta; la Naturaleza ofrece asilos floridos para el amor, para el sueño, para el crimen.

Deblás, manoseando una sucia baraja, dirigía la contienda: contienda del azar o de la trampa.

Colocaba las cartas sobre el suelo mullido por prolífica fumaria, metodizaba luego las apuestas, iba luego descubriendo las cartas y, por fin, pagaba a los afortunados y cobraba a los que perdían. Se cruzaban apuestas de ochavos, de una peseta a lo sumo, y en la banca se apiñaba un montón de monedas que el ansia de los jugadores agrandaba.

Deblás, perseguido por la justicia, había encontrado en la comarca un buen escondite. Su primo Andújar le protegía. Éste, más de una vez, desvió a la policía forestal, despistándole y sustrayendo de sus garras la presa.

Para un hombre como Andújar, un primo como Deblás podía ser útil en ciertos momentos. Es verdad que se veía obligado a sostenerle con dinero y vituallas; mas era preferible tal dispendio a tener un pariente en presidio o, tal vez, tenerle suelto por enemigo.

Deblás era ave incierta, de esas que no tienen zona propia y vuelan de un lugar a otro, atisbando las buenas presas. Su irregular situación con la justicia le impedía mostrarse y trabajar en las fincas, a menos que fuera en operaciones de las que no figuran en la lista de la semana; y, de otro lado, los propietarios, conociendo la historia del presidiario, esquivaban darle trabajo por temor a verse envueltos en asuntos de justicia.

De ese modo, Deblás vivía del favor de Andújar, de la amistad de algunos campesinos, de la tolerancia de todos y de las ventajas del juego, que establecía invariablemente los domingos.

Así pues, en la jugada a orillas del río llevaba aquel día el timón. Con su cuerpo flaco, encogido, parecía un sediento sorbiendo poco a poco el dinero de los otros. Sus dedos, anchos y aplastados en la punta, barrían las monedas como escoba de pajuncia que barriera el polvo, y los naipes en sus manos parecían sujetos por un secreto imán, mezclados con la atracción de un unto pegajoso. No podían caer y dispersarse: estaban asidos por aquellas manos flexibles, que a cada contracción muscular les imprimían una forma y una disposición distinta.

En torno estaban los puntos, los que apostaban, y más afuera los que miraban sin jugar. En conjunto, veinte o treinta gañanes, que sudaban ansiosos ante las peripecias del juego.

Entre ellos veíase a Ciro, luciendo su cara maliciosa y su expresión concupiscente. Si perdía, lanzaba palabrotas y reía con risa que ocultaba el enojo, maldiciendo de la mala suerte. A veces cambiaba de postura como cambiando de plan de batalla. Entonces se ponía muy serio, como quien ha encontrado al cabo la clave de un enigma y reúne los cinco sentidos para comprobar la eficacia del descubrimiento.

De vez en cuando, sin embargo, se distraía, dejaba de apostar y miraba fuera del círculo de jugadores y curiosos. Parecía buscar, esperar algo. Sus ojos tropezaban con la maraña de arbolitos, que cerraban el paso a la mirada, y sólo por un lado, levantando la cabeza, conseguían ver, en lo alto del barranco, el tabique posterior de la tienda de Andújar, mostrando la mal unida superficie de la tablazón de cedro, sucia y desteñida por las lluvias y el tiempo.

La cabezota innoble de Gaspar destacábase allí en la primera fila, como figura de relieve amasada en el barro. Veíasele de bruces en la embriaguez de la baraja, mostrando su penacho de pelos grises, espesos y enmarañados; sus senos frontales deprimidos; sus pómulos pronunciados; sus órbitas grandes, huesosas, muy separadas entre sí; su nariz ancha, con una ventana más grande que otra; su bigote hirsuto y escaso; sus orejas, con el lóbulo adherido a la piel de la cara; su maxilar inferior, voluminoso, con aspecto de morro, sobresaliente de las facciones. En suma: un gran feo, de facha repugnante.

Calculaba su juego y husmeaba el de los demás, ora siguiendo en sus apuestas a algún afortunado, ora llevándole la contraria al que estaba de malas. Si ocurría alguna dificultad, apremiaba con despotismo al banquero; si surgía alguna discusión, revolvíase irritado contra los discrepantes que interrumpían la jugada. Entonces lanzaba ternos enormes que parecían pedradas arrojadas por la ira para turbar el silencio de las selvas. Todos, para él, eran unos pendones que no sabían que molestar a los jugadores de cálculo, unos desinquietos..., unos desvanecíos...

Cuando le salía una carta contraria, estallaba... La suerte era una mujer de la vida que se daba o se negaba con irritante volubilidad. ¡Mal rayo la partiera! Y aquel hombre grosero, cruel, vanidoso, embustero, amigo del sufrimiento ajeno, perezoso en el trabajo, vengativo ante la más ligera ofensa, egoísta en los placeres y cobarde en los peligros, se mecía entre el enojo y la risa con exposiciones de mal reprimida violencia, cada vez que los incidentes del juego le llevaban a la ganancia o a la pérdida.

Marcelo, entre los curiosos, paseaba la mirada triste. Aquella mirada tímida que se desprendía de su semblante pálido como una hoja amarilla caída de un árbol seco.

No jugaba: le parecía peligroso. Cualquiera está expuesto a una riña, a un disgusto, por la menor tontería. Marcelo, que huía de los peligros, no hubiera podido arriesgarse en la balumba de impresiones del naipe. Tenía la seguridad de perder, y temía que si ganaba le creyesen ladrón de la ganancia. Se conformaba con mirar, con seguir el vaivén del azar. Sonreía cuando los demás prorrumpían en carcajadas, y si se agriaban los ánimos retrocedía maquinalmente, separándose del corro.

En tanto, en la tienda, Andújar y el dependiente se ocupaban del despacho.

Los campesinos hacían compras y arreglaban cuentas. Como era domingo, las liquidaciones, escritas sobre hojas de papel de estraza, cerraban el cargo y data de cada cual.

La tienda esplendía a la luz meridiana, luciendo el mostrador grasiento y los umbrales llenos de churre. El asco hubiera caído en brazos del síncope si alguien le hubiera empujado allí. Los aparadores estaban llenos de artículos de consumo, de baratijas, de géneros tan ordinarios que parecían tejidos expresamente para cubrir carne de chusma.

En medio del mostrador, una balanza, dispuesta a caer del lado de la trampa al más tenue empujón. En un extremo del mostrador, sinnúmero de botellas conteniendo bebidas, y en el extremo opuesto, pedazos de cecina, de hogazas y galletas. Detrás del tabique del fondo, dos habitaciones: en una, depósito de toneles, de albardas, de instrumentos de labor; en otra, un catre, dos sillas y un gran baúl. Allí dormía Andújar, aquel era el recinto que guardaba de noche al gran pulpo de ávidas ventosas que se le habían pegado del dorso a la comarca.

Andújar había llegado allí algunos años antes. Sin otro capital que la ropa que le cubría y su sed de riquezas a todo trance, apareció un día en el barrio.

En aquel mismo lugar vivían por entonces un anciano de setenta años y una muchacha de veinte: una mancebía extravagante de un viejo que no se resolvía a perder el buen apetito, y una joven ganosa de marido acomodado. El anciano era dueño de algunas hectáreas de terreno que se extendían desde el cerro hasta el río, y poseía, además, una casita campestre con tabiques de palmas y techo de paja: lo suficiente para cosechar quince o veinte fanegas de café y comerse, en hogar estéril, su producto.

Andújar pidió hospitalidad, diéronsela, y pisó aquel umbral de una vez para siempre.

Primero supo inspirar lástima al viejo, que le concedió generoso arrimo; luego desplegó actividad ayudando a su huésped en las labores del campo. Llegó a ser el hombre necesario, y en los días húmedos, cuando el anciano tosía o calmaba en el quietismo la cruel rebeldía de las dolamas, llegó a ser imprescindible.

Cuando el viejo no pudo trabajar, Andújar trabajó para todos. Se hizo cargo del monte, y también, con astuta traición, del tálamo. La muchacha, en su papel de enfermera de un longevo, encontró el premio furtivo del hombre rollizo, y así fueron viviendo hasta que el propietario dio el adiós a la vida.

Andújar entonces desplegó las alas. Allí no había ni testamento ni heredero. La finca quedaba mostrenca. Por aquella época la colonia no tenía catastros ni centros de inscripción: cada cual poseía porque poseía. La costumbre, un papel simple; la tradición, una prueba testifical, bastaban para dar dueño a un pedazo de tierra. La manceba viuda del muerto a nada tenía derecho, y Andújar vio un camino abierto a su ambición.

No convenía alejar a la muchacha... Trató de engañarla: sí, indudablemente la finca era de ella. Mas había que dar impulso a su producción, elementarla trabajándola con ardor para hacerla productiva. Y él siguió siempre siendo el hombre.

Un año después, la labor de Andújar había hecho milagros: la casa era de madera, dos o tres cabañas la rodeaban, y la finca había duplicado su importancia. La viuda estaba encantada viéndose enriquecer, y aquel lazo siguió estrecho por algún tiempo.

Al fin, Andújar cansose de ella y dio el golpe. Un día, con admirable descaro, la despidió, colocándole el baúl en el camino. Ella, en un mar de confusiones y ahogada en otro de terneza, no atinó con mejor desahogo que el llanto. Lloró, pero la casa se cerró para ella. Andújar, en cambio, pagó con generosidad un tropel de testigos y logró iniciar un expediente posesorio. Resultó ante la ley que Andújar era el poseedor de la finca: que la hubo por compra verbal que de ella hiciera a su antiguo poseedor, el longevo, presentándose un recibo otorgado anteriormente por otro dueño, aún más antiguo, que revelaba una compraventa realizada en papel simple, papel casi desteñido y mugriento que encontró Andújar en el arcón del longevo.

No hubo duda: el expediente triunfó, y Andújar, con tranquilidad beata, heredó al setentón.

La muchacha desapareció después del despojo. ¿Cómo disputar una propiedad que no era suya? ¿Cómo probar la impostura de un pillo? Las cosas salieron a maravilla, y Andújar lució en dominio propio su cuerpo regordete e inflado y su mirada viva y sagaz. Después estableció una tienda: un agujero de embudo por donde había de desaguarse el dinero del barrio.

Entonces vino el segundo impulso. La tienda se extendió como enredadera que escala un muro. Junto a ella hiciéronse tres casas; en una construyéronse seis secaderas, especie de anchas bateas que, rodando sobre ruedecillas de madera, se guardaban debajo del pavimento de la casa y servían para secar al sol el café; en otra, un almacén, una granera para las cosechas; en otra, una especie de ranchón para guarecer los cilindros dentados que rompían las cerezas del café y la máquina trilladora. Todo iba allí teniendo aspecto de finca próspera, desde los plantíos, que aumentaban cada año, hasta el surtido de la tienda, que cada día se hacía más completo.

Los negocios prosperaban... Eran negocios múltiples, variados, que se apiñaban en la cabeza de Andújar como los granos de una granada.

En la tienda, la austera balanza tenía constantemente los platillos en desacuerdo. A una libra de plomo colocada en uno bastábanle doce onzas de vituallas puestas en otro. De ese modo, la libra del expendio tenía doce onzas y al vender al peso, siempre la fiel balanza se encogía a favor del dueño. La vara era cómplice de la balanza: la regencia o la muselina se estiraban como los miembros de un payaso, y siempre noventa céntimos de vara de tela correspondían a una vara de medida. Así, todo era ganancia; las provisiones y las telas compradas en el llano a precios descontables y después vendidas con carestía y merma en el monte. Cuando se despachaban géneros, como judías o garbanzos, en medidas de sólidos, Andújar y el dependiente las colmaban, pero luego pasaban la mano por encima y rebajaban el colmo con habilidad suma, escatimando algunas onzas por debajo de lo justo.

Los negocios tomaban también otros caminos. Andújar compraba a ínfimo precio café en uva, todavía sin descortezar, y en la operación, sobre la baratura del precio, venía la resta del peso. Otras veces, en los apuros, le vendían los campesinos café en flor, cuando todavía no había cuajado, y entonces no había límite en el precio, resultando en ocasiones que se pagaba una hanega y se cosechaban diez.

A ciertos propietarios que ofrecían buenas garantías les facilitaba avances pagaderos en la cosecha. Los avances eran entregados por la misma balanza y la misma vara, en especies o en dinero. Por supuesto, sin intereses... Él no entendía eso de interés, y le disgustaba que le planteasen negocios en que se tenían en cuenta. No, sin interés: si entregaba veinte duros, en la cosecha debíanle entregar treinta en café recibidos por aquella balanza. Eso era todo...

A veces le llevaban sacos de café en pergamino para preparar en su máquina. La máquina parecía un circo ecuestre, y el pisón un caballo desbocado en la pista. En el fondo del círculo, de recia madera, había una disimulada compuerta: cuando el círculo se llenaba, a medida que el pisón volteaba, íbanse escapando poco a poco por la compuerta ciertas cantidades de granos que su legítimo dueño no aprovechaba jamás. Después, el dependiente acopiaba en un saco el botín oculto debajo del círculo. Y así, todo era ganancia. ¡La bomba, la terrible bomba, chupando siempre con la sórdida succión de la avaricia y la impiedad de la mala fe!

En otro orden de negocios extendía su finca. Unas veces compraba, a cambio de provisiones, pedacitos de terreno que lindaban con los suyos; otras, cambiaba furtivamente las marcas que indicaban las colindancias y se hacía dueño de algunas varas más de montaña. En muchos de estos negocios le ayudó Deblás.

Los despojados o no descubrían la agresión o se dejaban convencer por la verbosidad del tendero, que ante la estulticia campesina hacía milagros. Todo, todo era pesadilla de medro.

Pero aquello no bastaba: de las grandes operaciones descendía a las pequeñeces. En la tienda comprábase pan viejo y vendíase como reciente; se aguaba con ron y se le ponía pimienta para que picara con energía disimulando la mezcla; beneficiaba, de vez en cuando, un buey añoso, conseguido a bajo precio, y lo vendía como carne tierna a precios desproporcionados, burlando de paso las trabas y derechos que el Municipio imponía por la matanza; en las transacciones de café no devolvía a los remitentes los sacos que envasaban la mercancía; cobraba el barato a los jugadores de la ribera; en sus cálculos, cuando se equivocaba, siempre era a su favor; pagaba siempre una suma tributaria inferior a la que hubiera sido justa, porque la clasificación de su industria en el erario municipal era mentirosa y ocultaba la verdadera importancia de sus negocios. Y a compás de esas menudencias, su surtido era casi siempre de la peor clase, con salazones averiadas, bebidas groseramente adulteradas y telas deterioradas por el desuso.

Más de una vez tuvo que habérselas Andújar con labradores recelosos y leguleyos. Cuando los lograba convencer imponiéndoles el despotismo de su interés, afectaba gran desdén... Bien, era igual; no habría negocio. Para lo que había que ganar, mejor era dejarlo. Sí, mejor era no ocuparse más del asunto. Y en prueba de indiferencia obsequiaba al labrador reacio con alguna libación excitante. Muchas veces, el recurso daba resultado. El alcohol comenzaba a corretear por las venas del obcecado, sentía como si naciera a una segunda vida, llena de cosquillosa alegría; bajo la influencia de aquella alegría, el campesino se humanizaba, y casi siempre el negocio, imposible poco antes, se realizaba después de algunos tragos gratuitos. Andújar conocía el flaco de las gentes, y, siempre sobre aviso, no perdía ocasiones. Tenía en la mano la punta de un hilo de oro y estaba resuelto a desnudar el ovillo.

En la última semana había terminado un negocio que le costó agrios altercados. Poca cosa: habladurías de un majadero que no agradecía favores.

Se trataba de un pequeño propietario que, falto de recursos, acudió a la tienda. La finca era buena, y el dueño formal; convenía, pues, entrar en tratos. El asunto arreglose de este modo: Andújar debía entregar al propietario la suma de ochocientos duros en pequeñas porciones, en dinero o en especies, a medida que fuese aquél necesitándolas. Como garantía del empréstito fue retrovendida la finca por escritura pública; el labrador, para obtenerla de nuevo, quedó obligado a pagar, al vencer el año y en concepto de arrendamiento, la suma de ochocientos duros, y doscientos duros más en concepto de arrendamiento.

Vencido el plazo, el deudor se presentó muy ufano, ganoso de pagar su deuda. Entonces Andújar le manifestó que recibiendo aquel día mil duros, total de la deuda, quedaban pendientes ochocientos.

-¡Cómo! -dijo con extrañeza el otro-, he recibido en préstamo ochocientos pesos, y me he comprometido a pagar mil después de un año. Aquí están: estamos en paz.

-No; en paz no. Me debe usted ochocientos pesos, y para devolverle su finca necesito que me los pague usted.

-¿Pero no me prestó ochocientos pesos?

-Sí.

-¿No le pago a usted los mil de mi compromiso?

-Sí.

-¿Pues, qué más?

-Usted calcula según su conveniencia. Oiga usted: mil pesos de la hipoteca y ochocientos que tiene usted recibidos en cuenta corriente, según rezan mis libros y los recibos que usted me ha dado, son mil ochocientos pesos. ¿Comprende usted ahora?

-¿Pero cómo puede ser?... -arguyó el labrador, perdiéndose en un laberinto de confusiones.

-Es muy fácil; fijese usted y lo comprenderá.

-No, no; eso es imposible. ¡Demonio! ¿Qué cuenta es ésa?

-La única exacta. Mire: ¿ha recibido ochocientos pesos?

-Sí..., eso nada más.

-¿Se comprometió usted a pagarme, en el plazo de un año, mil?

-Sí.

-¿Cuánto me paga hoy?

-Mil.

-¿Cuánto le he dado en cuenta corriente?

-Ochocientos.

-Luego me paga usted la cuenta corriente y doscientos pesos a cuenta de la suma de retroventa; luego me debe usted ochocientos pesos, y yo no le devuelvo la finca sin que me los pague.

El labrador quedó pegado a la pared. ¡Cómo' ¡Recibiendo ochocientos pesos había que pagar mil ochocientos! ¿Qué ley era aquélla? ¿Quién había recibido los mil? Aquello era un fraude, una trampa, un despojo. El altercado duró dos horas, mas no hubo remedio. Andújar se negó a poner en posesión de la finca a su deudor. Éste acudió al poblado y consultó el asunto. Se estudiaron los documentos... Andújar había tejido bien la telaraña, y la mosca estaba prisionera. La escritura de retroventa sólo manifestaba que se vendía el predio en mil duros, que se declaraban recibidos; que quedaba arrendado por un año en doscientos pesos, y que, vencido ese plazo y pagado el arrendamiento, el comprador quedaba obligado a desdoblar la retroventa. Resultaba, además, que el labrador había otorgado una serie de recibos por pequeñas sumas hasta completar ochocientos duros; que Andújar presentaría esos recibos y una cuenta corriente, demostrando que se le adeudaban ochocientos duros; y, finalmente, que ni la escritura pública se refería a la cuenta corriente ni ésta a aquélla. Eran dos cosas completamente distintas; dos deudas, aunque una sola trampa. No había medio de probar que una cosa era dependiente de la otra: la mala fe, enroscada como una serpiente, estrangulaba al confiado, al imprevisor campesino.

Al cabo le quedó un derecho: obligar a Andújar a deshacer la retroventa recibiendo mil duros. Mas los otros ochocientos quedaron como deuda agresiva, y ¡cuántos afanes para enjugarla!, ¡cuántas tribulaciones por lograr poco a poco su solvento! Este buen negocio habíase terminado en aquellos días; las últimas hanegas de café entregadas saldando la obligación, ¡ochocientos duros convertidos en dos años en mil doscientos! Todo, todo era ganancia...

En aquel domingo, Andújar, afanoso como siempre, se entregaba a las ventas y a los cálculos. El dependiente, un mocetón del barrio que por poco le servía, se multiplicaba en el despacho con la actividad que la clientela exigía. Ambos movíanse detrás del mostrador como ardillas encerradas en jaulas giratorias. Andújar, en su faena, sudaba copiosamente, y mientras vendía se enjugaba el sudor con la manga de la camiseta. Otras veces las gotas rodaban fugitivas y caían dentro de los paquetes de fruslerías vendidas, como para ennoblecer con el sello del trabajo el manjar de las gentes. En la montaña no había grandes exigencias: una mosca más o menos flotando en los líquidos importaba poco, unas manos más o menos limpias eran siempre manos hábiles, capaces de atender a un tiempo a la división en pedazos de un panecillo y al oficio de pañuelo de un dependiente acatarrado. La pulcritud estorba, molesta. Todo entra en fin por la boca, y a todos nos han de comer los gusanos. Sólo a los ricos es permitido el lujo de ser melindrosos.

En aquel momento, el sol promediaba el día, irradiando el hálito de sus volcanes. Los átomos del aire se encendían en las vibraciones de calor, y alientos de vida envolvían las montañas, alimentando las plantas y dorando los paisajes. Los hilos de luz tejíanse a los hilos de calor y penetraban en el seno de los bosques; era la espléndida cabellera del astro rubio cayendo con abandono sobre la espalda del planeta. El calor era intenso: un mes de junio en la zona cálida. Era el trópico, el ardiente trópico, diseminando la fuerza generatriz desde la hoja del árbol hasta las profundas raíces. Ese trópico que galvaniza la zona más hermosa de la tierra, ese trópico que, embelleciéndola con ricos esplendores, la convierte en la joya que adorna el pecho del mundo. Los árboles recibían el baño de luz dejando escapar a través del ramaje rayos furtivos que calentaban la montaña, rielando sobre la hierba, sobre lechos de hojas caídas. Cada pedrezuela al sol producía un vivo reflejo, como espejo bruñido sobre las facetas del granito disgregado. Las claridades abrumaban, hacían entornar los ojos, produciendo pereza y sueño, mientras la lujuria de colores y el ardor del aire hacían amables las umbrías de la selva.

Frente a la tienda, numeroso grupo de campesinos entretenía los ocios del domingo. Algunas mujeres reían alegremente ante las picaradas de los chistosos.

La vieja Marta estaba allí rebuscando, como siempre. Los domingos eran más abundantes las piltrafas, porque las compras eran más copiosas y los bolsillos estaban colmados con las ganancias de la semana.

También estaba allí Aurelia, la desolada viuda de Ginés, lanzada de la choza por el puntapié de Galante. Su traje negro, casi rojo de vejez, contrastaba con su semblante pálido. La hermosa criolla era entonces infeliz, ojerosa, de facciones estiradas y de pecho hundido. En su cuerpo había hecho desastres el pasar, desde la esbeltez, ya encorvada, hasta los antes mórbidos senos, ya enflaquecidos y marchitos.

En el corro se mezclaban las Flacas: tres hermanas motejadas así por su extrema delgadez. Eran de genio alegre, amigas de fiestas, organizadoras de bailes y generosas con los mozos audaces. Bullían con jovialidad y al prorrumpir en carcajadas parecía que la piel iba a rompérseles para dejar al descubierto los huesos. Otras muchas mujeres animaban el conjunto: algunas hermosas, otras feas, otras agraciadas, otras de aspecto desamable y huraño, y todas como envueltas por la difusión de una luz pálida, con semblantes decolorados y lánguidos.

Algunos chicuelos habían organizado un juego de chapas. Unas líneas trazadas en la tierra y unos hoyos a distancia les servían para lanzar ochavos que iban a caer con frecuencia dentro de los hoyos. En otro sitio, varios gallos batalladores, atados con liana textil a pequeños postes, lanzaban de vez en cuando su agudo canto. Estaban deformes: les habían cortado las plumas del cuello y la cola, y en aquella ridícula desnudez parecían aves raras y repugnantes.

A veces transitaban algunos jinetes por el camino que pasaba por delante de la tienda, y entonces, al alejarse, veíanse obligados a dar un rodeo porque ciertos tablones que, conducidos a hombros para construcciones en las fincas, habían sido abandonados allí el sábado para continuar el lunes su conducción, impedían el paso.

La plebe de los montes se agitaba frente a Andújar. Algún campesino arrancaba notas melodiosas a una especie de bandurria pequeña, tosca, de la que con frecuencia, si el tañedor era hábil, brotaban tristes melodías. Era el tiple criollo rasgueado nerviosamente por un estilo y lanzando al aire armonías embrionarias de una sencillez dulcísima y de un ritmo delicado. En torno del guitarrista se agrupaban varios montañeses y no faltaba entre ellos quien tararease en voz baja el aire musical. De vez en cuando escuchábase una voz que al compás monótono del instrumento recitaba décimas. Una glosa de cuatro versos, repetidos al final de otras tantas décimas de una sonoridad y cadencia admirables, pero llenas de desatinos formulados en los rotundos versos. Aquellas canciones parecían salmodias melancólicas, casi siempre envolviendo embriones de ideas inspiradas por el amor.

Así pasaban las horas quemantes del mediodía, en el discurrir del ocioso domingo.

A las mujeres preocupaba mucho el próximo baile en Vegaplana.

-Será -decía la primogénita de las Flacas- una fiesta de primavera.

-¿Y quién la da, eh? -preguntó otra mujer.

-Yo no sé.

-Sí, hombre -añadió otra tercera-. La da uno de la otra costa. Uno que vino vendiendo caballos, y los había vendido muy bien, yo creo...

-A la cuenta que se gasta el dinero en bailes.

-Sabe Dios pa qué se mete en jarana.

-Pol mi palte no farto.

-Ni yo.

-Ni yo.

-Pancha Melao estuvo en casa antier, y me dijo que la gente está arrebolá; que irá gente hasta de la bajura.

Y las mujeres comentaron detalles de la fiesta en proyecto. Se iba a bailar toda la noche, hasta la amanezca; habría mucho bueno que comer y que beber.

En la cuestión de trajes se detuvieron mucho tiempo; era preciso acudir como es debido y por eso las costureras del barrio tenían gran faena. Andújar estaba haciendo su agosto vendiendo un bando de piezas de regencia y cintas de colores. Nada: era preciso divertirse, aprovechar la invitación del cuatrero.

Entonces entre los árboles apareció Silvina. Su semblante fino, muy bello y eternamente lánguido, recibía el encanto de sus ojos negros. En aquel semblante se retrataban sus frecuentes angustias, sus horas de contrariedad, resueltas casi siempre en llantos. Se retrataban sus ímpetus, aquellos accesos delirosos que la acometían como resultado de hondo sufrimiento que, cuando no estaba presente Gaspar, la hacían morderse los brazos maldiciendo de su negra suerte. Se retrataban sus noches de insomnio en que, dando vueltas sobre el pavimiento de la casucha, pasaba las horas en claro sin conciliar hasta el alba el sueño. Y también esa especie de incierta hebetud que produce la falta frecuente de la memoria. Era semblante simpático, atractivo, rebosante de rasgos tan móviles y variables como el carácter de la joven.

Aquel día, descalza, mostraba sus pies pequeños y delicados, no bien endurecidos todavía por la aspereza del suelo. El trajecillo, muy usado, no tenía ni un doblez superfluo: escasamente lo necesario para ceñirla, y como la camisa sólo le llegaba a la rodilla, podíase descubrir al trasluz el contorno de sus piernas, hechas en el suave torno de la voluptuosidad y robustez en fuerza de tanto correr por las veredas. Ceñido a la cintura, sin oprimirla, aquel traje contenía formas blandas como si el mórbido desarrollo, aún no completo, saliera triunfante en lucha con las torpezas de lascivia prematura.

Entró Silvina en la tienda, y luego, saliendo con un paquete en la mano, uniose al corro de mujeres.

Le preguntaron si iba al baile. ¿Qué sabía ella? No podía asegurarlo. Si Gaspar se antojaba, quisiera ella o no quisiera, la llevaría; pero si se le metía entre ceja y ceja lo contrario, no tendría más remedio que acostarse al oscurecer. Envidiaba ella la libertad de que otras gozaban. Sobre todo envidiaba a las Flacas, que sin marido ni amante conocido hacían siempre su voluntad. Pero ella, ¡ay!, ella tenía que sufrir los gritos de aquel bruto de Gaspar; ver sus puños levantados sobre su cabeza y sufrir los desahogos de sus bestiales enojos. No estaba ella para fiestas; no se divertía, aunque la llevaran. Llevola Gaspar, para Reyes, a una jarana, y como éste se puso fuera de sí por lo mucho que bebió, salió ella llorando del baile. Todavía recordaba los empujones que le fue dando por las cuestas del camino hasta llegar a su casa. Y todo, ¿por qué? Porque quería que al bailar le preguntase primero si le gustaba la pareja. ¡Ah, qué rabia! ¡No poder elegir personas de su gusto! Para eso mejor era quedarse en la casucha y tumbarse en una esquina del soberao.

-Lo que me da más soberbia -añadía la joven- es que él se divierte. Baila, come, bebe y...

-Y alguna cosilla más, ¿verdad, pichona? -dijo la vieja Marta acariciando el pelo de la joven-, alguna cosilla más, de que también se harta...

Rieron las mujeres de la malicia de Marta, pero Silvina contestó:

-¡Bah!... por no servir, ni pa eso...

En aquel momento oyéronse rumores. Los jugadores del río habían levantado la partida. Deblás y otros varios barrieron el dinero de todos y los jornales de la semana. Gaspar, que había ganado, estaba jovial, decidor. Todo el mundo a la tienda, ¡ea! Todo el mundo a beber una copa. Él pagaba. Y el grupo de campesinos aumentó el contingente de los que bullían frente a la tienda.

Gaspar vio a Silvina; con su habitual dureza preguntó:

-¿Qué haces aquí?

-Vine a buscar las compras de Leandra.

-Bueno..., ya las hiciste..., vete: pica ligero...

Ella, en el acto, se alejó. Mas al llegar a la vereda oyó que Gaspar decía:

-O mira, Silvina: dale a tu madre la compra y vuelve.

Ciro, apenas vio a Silvina, la envolvió en una mirada intensa. ¡Cómo le gustaba aquella hembrita! Mas era tan arisca y le temía tanto al viejo que el ansia de cariño que por ella le agitaba, cien veces dormida y cien veces despierta, no había sido saciada jamás.

Ciro vio cuando Silvina se alejaba, y siguiéndola desapareció en el monte.

Marcelo, solitario, paseó la mirada por el interior de la tienda, bostezó con hastío e internándose en el bosquecillo situado detrás del ranchón tendiose a la larga en el suelo dispuesto a dormir.

A poco, escuchó rumor de voces. Eran Deblás y Gaspar, que departían en el ranchón, junto a la máquina. Después de beber unos tragos habíanse confinado en aquel sitio, que ofrecía buena sombra, y sentados en la lanza de un carro hablaban de asuntos íntimos.

Marcelo, primero indiferente, luego con dominante curiosidad, pudo oír sus palabras.

-Lo que me figuro -decía Deblás- es que el asunto te ha metido los mochos.

-¿Acobardarme yo? No me conoces.

-¿Pues por qué no acabas de resolverte?

-Estoy resuelto: te lo he dicho cien veces. Lo que no hago es precipitarme...

-Vamos, Gaspar, no lo niegues. Tienes miedo.

-¡Te digo que no, hombre! ¡Barajo, que eres cabeciduro!

-Pues entonces, ¿a qué tantas pamplinas? El asunto es bueno y el golpe seguro. Dinero abundante y uno solo con quien luchar.

-Pero es que los macacos andan por el monte. ¿No les viste ayer? Tuviste que esconderte para que no te vieran. Deja que pase algún tiempo, hombre; que se larguen; que se larguen y no se acuerden del barrio... Entonces...

-Si uno va a pensar en los inconvenientes, no hace nada. Y para ti todos son inconvenientes. Luego te has empeñado en emburujar a Silvina en el negocio y eso no me parece bien.

-Pues eso es lo mejor del asunto. Es menester que ella nos ayude. Mañana, si las cosas salen mal, estando comprometida guardará mejor el secreto. De otro modo, cualquiera cosa que sepa, ¿quién me garantiza que no la canta? Además, el otro es fuerte y puede que se necesiten tres para...

Marcelo, desde la umbría, lo escuchaba todo. Se había puesto frío, emocionado, como si él fuese la víctima elegida, como si él fuese uno de los inventores del tenebroso proyecto. ¡Qué desgracia la suya!... ¡Le perseguían las atrocidades! Se había acostado allí para dormir tranquilo y hasta allí iban siguiéndole. Sí, porque lo que aquellos dos hombres acordaban eran los preliminares de un golpe de mano.

El joven quiso levantarse, huir para no enterarse de nada; mas al primer movimiento que hizo crujieron las hojas secas y temió ser visto. De Gaspar y Deblás sólo le separaba el ramaje de algunas plantas: moverse era mostrarse conocedor de todo lo que se había hablado. Temió que se volvieran los odios contra él... No, mejor era pasar inadvertido, quedarse quieto; era menester que aquellos hombres no supieran jamás que él les había oído.

Quedose, pues, inmóvil y las palabras, pasando a través del ramaje, continuaron bailándole en torno.

-Puesto que te empeñas -decía Deblás- en que Silvina nos ayude, sea. Hablemos ahora detalladamente del plan. ¿Qué piensas de la manera de realizar lo que te propuse?

-Me parece bien: sólo que yo cambiaría algo...

-Vamos a ver.

-¿Estás seguro de que el hombre tiene el sueño pesado?

-Como una piedra. Una vez me comprometí a llamarle muy temprano, porque iba de viaje; pues, poco más me cuesta tumbar la puerta.

-Lo que no te impediría ser hombre prevenido.

-Eso sí... Duerme con el revólver sobre la silla que tiene al lado del catre. ¿No te has fijado? Desde el mostrador se alcanza a ver su cuarto, y, a todas horas, el revólver sobre la silla.

-Ése es un inconveniente, porque si tiene tiempo de echar mano al arma...

-Para usar un arma es menester estar despierto y él no se despierta así, así. Además, ronca escandalosamente. Muchas veces, escuchando por el tabique, le he oído gruñir como un cerdo. De modo que podemos saber fácilmente el momento en que se puede dar el golpe.

-Lo que yo no haría es herirle.

-¿Y cómo asegurarlo, entonces?

-Mira: nos llevamos una cuerda y un pañuelo grande; lo asujetamos entre los tres; lo amordazamos y luego dejamos a Silvina junto a él, amenazándole con un puñal, para que no se mueva.

-Pero de ese modo nos conocerá, y al día siguiente caeremos en poder de la justicia.

-¡Es verdad!... -añadió Gaspar, con acento consternado.

¿Conocerlos?..., eso no. Era menester evitar toda probabilidad de compromiso. Gaspar, amigo del alarde pedantesco, aficionado a ser tenido por valiente, sentía en las entrañas un miedo terrible. Se trataba de robar a Andújar, de despojarle de algunos centenares de pesos que sospechaba tenía guardados en el arcón; se trataba de acometer a un hombre robusto y resuelto para defender sus intereses y su vida, y a quien se iba a herir a matar: el caso era serio. Gaspar experimentaba secreto temblor, rebelde cobardía, no hijos de honradez de conciencia, sino dependientes del temor de ser víctima en el lance o de caer en poder de la justicia. ¡Si pudiera evitar la sangre! Mas ¿cómo? Y trataba de precisar a Deblás los términos de la cuestión. Él no era cobarde, era muy hombre; pero ¿a qué dar formidable escándalo? Era más prudente evitarlo y realizar el golpe de una manera silenciosa, que sonara menos en la conversación de las gentes. Deblás insistía: un muerto no habla, no estorba. No había otro camino que herir. Entonces, Gaspar quiso saber más detalles. ¿Quién sería el encargado del tajo? Deblás se excusó. ¡Cómo! ¿Iba él mismo a rematar a su primo? No: aquel parentesco le impedía ser el agresor. El puñal debía hundirlo Gaspar, que no era pariente de Andújar, que no tenía consideraciones que guardarle.

Gaspar resistía, sintiéndose presa de inquietud indominable. ¿Y si el otro descargaba el revólver? En tal caso lo probable era que recibiese el proyectil quien estuviera con el puñal levantado. Aquello era repartirle a él la peor parte. No, no podía ser: las cosas no estaban bien pensadas.

Deblás acabó por sentirse violento. ¿Qué clase de hombre era Gaspar que vacilaba ante un sencillo pinchazo? Discutiose mucho aquel detalle y no pudo haber acuerdo.

De pronto, Gaspar tuvo una idea: todo quedaría arreglado. Ellos dos, los más fuertes, sujetarían al hombre y Silvina le clavaría el arma, operación que no hacía necesaria gran fuerza. Sí; la puñalada le tocaba a Silvina.

-¿Y estás seguro de que ella se preste?

-Ella hace todo lo que yo le mando.

-¡Hum!... En este caso dudo que te obedezca.

-Te digo que sí, hombre. Irá, nos ayudará y hará lo que le diga. Eso corre de mi cuenta.

-¡Caray!...; pero hay que reconocer que para una mujer eso es demasiado.

-Yo te aseguro que Silvina me obedece. Y si no, la ahueco...

La dificultad habíase resuelto y los detalles del plan fueron detenidamente estudiados.

A las diez de la noche del día que se designase, reuniríanse junto al risco de Palmacortada. Después, uno de los dos reconocería el terreno. En el dependiente no había que pensar, porque era público que no dormía en la tienda. Cuando estuvieran seguros de que Andújar había conciliado el sueño se acercarían a una de las puertas posteriores, la forzarían y, cayendo sobre el dormido, una vez sujeto, el golpe... Luego, a barrer: dinero, cosa que lo valiera, el menor bulto posible, y, por fin, cada cual a su casa. Total: media hora. Al siguiente día, con aire candoroso, formarían parte del clamor general para lamentarse de la gran canallada. Deblás, por si acaso, escaparía a la cordillera. Todo listo: sólo faltaba precisar el día. En aquellos momentos estaba próximo el plenilunio y para el asunto se necesitaba oscuridad, por lo menos a la hora convenida.

El negocio debía realizarse el primer día del novilunio, a media noche. Ya, con tiempo, volverían a ocuparse de los preparativos.

Allí cerca estaba la máquina trilladora, cobijada por la techumbre del ranchón, con la inmovilidad de quien reposa de grandes fatigas. Multitud de trastos se almacenaban allí como en rincón en donde lo desusado no estorba.

En una esquina estaba un tosco pilón, una especie de enorme almirez de madera labrado en un solo tronco. Firme sobre su base, ostentábase con seriedad de estatua, sosteniendo la gran mano de almirez también de madera, que recostada en el borde del pilón se erguía inmóvil, con quietismo de objeto que puede fácilmente romperse, como si fuera una cucharilla de oro apoyada en el borde de una jícara de plata.

Marcelo aprovechó la ocasión, cuando los dos interlocutores cambiaron de sitio: se deslizó, sin levantarse, por el declive del barranco; llegó al río, dio la vuelta, volvió a la tienda y, sentándose en el umbral, dirigió a Andújar una mirada llena de compasión.

En tanto, otro acto del drama de la vida exordiábase en lo alto del cerro.

Silvina había obedecido a Gaspar: vadeó el río, siguió la vereda y dirigiose a la casucha de Leandra. Ciro, sin ser visto, empezó a correr cuesta arriba. Era preciso aprovechar la ocasión: Gaspar, bebiendo en la tienda; Leandra, en la casa, ocupada en sus faenas, y en el centro, el bosque denso, discreto, dispuesto a ser testigo mudo y neutral.

Repechando a saltos, alcanzó a ver a Silvina siguiendo con ligereza de gamo los zigzags de la vereda. El joven comprendió que no era fácil alcanzarla ni prudente insinuarse a gritos. No importaba: ella debía volver. Gaspar había ordenado que volviera. Lo mejor era esperar, esconderse detrás de un árbol para luego saltar al camino.

Crecía allí un tronco platanal. Las pomposas hojas trazaban gallardas curvas desde el tronco hasta cerca del suelo, formando entre todas una cripta verde, un techo movedizo que sombreaba el monte. A trechos, árboles frutales que, levantándose con proporciones gigantes, dejaban debajo el platanal. Multitud de avispas revoloteaban ayudando a formar el panal que colgaba de oculta rama. Algunas arañas tejían hilos casi invisibles entre rama y rama. Vistos en un rayo de sol, aquellos hilos parecían filamentos de oro que tejían una red. Por esa red paseaba el arácnido sus soledades gestativas, mientras con materno amor defendía los repletos sacos ovígeros del ataque de otros insectos. Arriba, las parlanchinas hojas rozaban unas con otras, acariciándose las jóvenes y languideciendo las secas, que caían con desmayo al largo de los troncos. Tupidas zarzas, armadas de órganos espinescentes, ponían valladar al tránsito, obligando a dar un rodeo o a saltar por encima: eran los adustos agaves, las ingratas mayas de magüey, hostilizando al caminante con penetrantes púas, pero dejándose envolver en el abrazo de las enredaderas.

Más allá, mimosas púdicas se encogían bajo el ardor del sol: doblaban las ramillas, apretaban el sensible hojambre y esperaban la frescura de la tarde para desplegar de nuevo la gentileza de sus galas sin amagos para sus nervios sutiles.

En el conjunto sonaba la voz de los bosques: esa voz sin palabras en que palpitan cien ruidos, en que bullen indefinibles rumores, en que la naturaleza relata sus grandezas bajo las alas del tiempo. El bosque mostrábase inmóvil, con quietismo aparente, invadido por corrientes de inquieta vida; mientras las plantas absorbían los alientos del medio ambiente para impulsar la labor magnífica de la dinámica vegetal. Y así, entregado a sus fuerzas, el bosque vivía henchido de misterio, rodeado de soledad casi sublime, en medio de una muchedumbre de seres extáticos.

Ciro no tuvo que esperar mucho: minutos después divisó a Silvina descendiendo por la vereda. El joven tenía las manos frías, el corazón palpitante. ¡Una ocasión para quien llevaba en su ser ascuas de pasión! Viola descender, acortando cada vez más la distancia; como si cumpliendo decretos de amor viniese a caer en sus brazos.

Al fin, cuando estuvo cerca, Ciro saltó al camino y cerró el paso.

Detúvose ella asustada, y al reconocer al joven una emoción profunda la embargó. ¡Él, él estaba allí en la soledad bravía de la montaña, cerca de ella, que lo amaba, que lo idolatraba!...

-Oye, Silvina -dijo Ciro.

-No, déjame pasar; me esperan allá abajo.

-Esta vez... te aseguro que será.

-Imposible. Lo que tú quieres no puede ser.

-Sí puede ser. No necesitamos más que una ocasión, y aquí la tenemos.

-Te digo que no. Piensa que yo soy mujer de otro.

-No, tú eres mía, sólo mía, porque yo te quiero y tú me quieres. ¿Te has olvidado ya? Nosotros íbamos a vivir juntos... Tú estabas dispuesta a irte conmigo. Entonces se atravesó ese condenao...

-Sí, me casaron con él. ¡En mala hora! Pero ¿qué hemos de hacer? Ya no hay remedio.

-El remedio es fácil: quiéreme.

-¡Estás loco!

-Pégasela...

-¿Sabes lo que dices?

-Pégasela...

-No, no; me mataría.

-Pégasela...

-Me muero de miedo sólo al pensarlo. Ese canalla me apretaría por el pescuezo; sobre todo tratándose de ti, porque te tiene ojeriza.

-¡Bah!... Ése no mata a nadie. Tú ibas a ser mi mujer; tú me querías; tú me lo habías prometido todo. Después, hubo lo que hubo. Cien veces he querido acercarme a ti y siempre huyes...

-Por miedo al otro.

-... cien veces he buscado una ocasión y tú te escapas. Eso no puede ser: no es justo. Por encima de la cabeza del demonio, quiero que me cumplas tus promesas.

-De nada tengo yo la culpa. Leandra, al saber nuestros amores, te echó de casa de mala manera. Dijo que tú no eras hombre de respeto, que no podías mantenerme. Después, yo no he tenido un día alegre. Cuando me casaron con Gaspar, todo fue imposible. Además, no quiero causarte un daño complaciéndote... Ese hombre es tremendo. ¿Sabes? Sería capaz de cortarte...

-Muchas veces he tenido deseos de provocarle, de halar por el espadín y arrancarte de su poder.

-¡Dios nos libre! De lo que sí debes tener seguridad es que te quiero, pero...

-¡Vaya un cariño! Eso es mentira: tú no me quieres. Si me quisieras pasarías por encima de todo. Por ejemplo: ahora que estamos tan solitos, aquí, en esta sombra tan fresca, me lo probarías.

Los jóvenes discutieron la verdad de su mutuo afecto. Silvina, casi llorando, juró a Ciro un cariño intenso, palpitante. Sí, lo amaba, pensaba siempre en él. De día, de noche, a todas horas, el joven era su constante pensamiento. Ser suya fuera su mayor felicidad. Pero, ¡ah!, ella era una desgraciada, una esclava. Otras muchachas del barrio hacían su voluntad, se entregaban a capricho, mas ella era una víctima infeliz... ¡Siempre cien ojos encima! Gaspar, Leandra, Galante... todo el mundo. ¡No; imposible!

-Tú no me quieres -insistió Ciro-; todo eso es embuste.

-Sí te quiero. Mira: para probártelo, te confesaré un secreto. Cuando algunas noches siento que me fastidia Gaspar, pienso en ti. Yo odio a ese repugnante, pero pensando en ti, cuando él me abraza, me lleno de ilusiones figurándome que eres tú.

-¡Ah, Silvina!, no seas así...

Entonces Ciro se sintió presa del ímpetu... ¡Sería, sería de todos modos! Asió a la joven y lucharon. La arrastró, poco a poco, a la fronda; la ciñó, la besó, la abrazó, como queriéndola fundir consigo mismo. Ella se revolvía asustada.

-Quita..., quita...

Cayeron sobre el lecho de hojas que alfombraba el platanal y continuaron luchando. Él no hablaba: estaba ciego, delirante, resuelto a predominar por la violencia. Ella sollozaba, sentía una embriaguez que la rendía, una ola inmensa de debilidad que la anegaba, y al mismo tiempo le parecía ver el grosero puño de Gaspar levantado sobre su cabeza. Y, ante aquella visión, de nuevo cobraba resistencia.

-Quita..., quita...

El suelo estaba crujiente; las ramas movíanse agitadas por los choques que contra los troncos de algunos bananos producíanse en la lucha; desde lo alto descendía risueño un rayo de sol como festejando aquellas nupcias selváticas; y los jóvenes, asiéndose y desasiéndose, revolvíanse entre la hojarasca: él, cerca del triunfo, y ella, resistiendo todavía, sintiendo sobre su carne desnuda la pincelada acariciadora de aquel rayo de sol y exclamando con acento lánguido:

-Quita..., quita...

Entonces un rumor bullicioso ondeó en el aire: palabras, risas, carcajadas... Ciro volviose temeroso; iban a ser sorprendidos. Silvina se levantó de un salto, apartándose a alguna distancia. ¡Qué susto! ¡Ah!..., pero al fin podía librarse del joven.

Los rumores se acercaron por la vereda, pasaron por delante del lugar donde los jóvenes estaban y perdiéronse a lo lejos. Eran campesinos que bajaban a la tienda de Andújar.

Repuesto de la sorpresa, vio Ciro, con rabia, que aquel estorbo desbarataba sus planes. Silvina, oyendo las voces que se alejaban y todavía presa del susto, estaba allí, a pocos pasos, sudorosa, encendida, pero dispuesta a escapar. El joven quiso acercarse: fue inútil. Silvina, corriendo, se lanzó bosque abajo, en dirección al río, para obedecer la orden de Gaspar.

Ciro apretó iracundo los puños; salió del bosque a la vereda y, al divisar en lo bajo del cerro el grupo de campesinos que le había espantado la caza, exclamó colérico:

-¡Mal rayo los parta!

Cuando Silvina llegó a la tienda. Gaspar y Deblas habían abandonado el ranchón. Un corro de campesinos escuchaba el sonsonete monótono de un glosador, que entre risotadas y chistes lanzaba incoherentes décimas.

-Aquí estoy -dijo Silvina a Gaspar-, ¿qué quieres?

-Pues nada, que te estés ahí por si te necesito.

Gaspar abusaba de su dominio. Allí, cerca de él, como en todas partes, la joven debía seguirle. Quería tenerla siempre bajo su mirada adusta, dispuesta a rendirse víctima de su más pequeño capricho. Y ella, junto a su tirano, tenía siempre la compunción de una virgen al conceder al señor de su feudo el derecho de pernada. Ella no comprendió el origen, el misterio de aquel dominio. Cuando en horas de enojo se prometía a sí misma rebelarse, experimentaba un desasosiego, un miedo indecible: como si con sólo pensarlo Gaspar hubiera de enterarse de la rebeldía. Una mirada, un ademán, un gesto de Gaspar, la hundían en un mar de desolación, y en todas las ocasiones cedía, cedía siempre, protestando interiormente, pero sin fuerzas, sin atrevimiento para resistir.

Aquella tarde escuchó la orden: todavía nerviosa y jadeante después del encuentro del platanal permaneció obediente junto a Gaspar.

A poco, llegó Ciro. Venía irritado, violento, con deseos de estallar contra cualquiera...

Entró en la tienda, donde varios mozos se disponían a echar un trago. Bebió con ellos, sentándose de un salto en el mostrador. Desde allí divisó a Marcelo, retraído en el umbral y mirando con aire abobado las ramas de un árbol.

-¿Y tú que haces ahí, mamao? -dijo Ciro de mal talante a Marcelo.

Éste, sorprendido, volvió la cabeza, miró a su hermano y sonrió. Estaba acostumbrado a tales bromas. Ciro, que se las echaba de hombre templado, le tenía por un tontaina.

-Ven acá -insistió Ciro.

-¿Qué quieres?

-Ven acá. ¿No has tomado la tarde?

Marcelo hizo un gesto de repugnancia. A él no debieran hacerle tal pregunta: todo el mundo sabía que no bebía. Ciro continuó insistente:

-Quiero que tomes una copa, vamos.

-No..., no.

-Aquí está. El dependiente la ha servido. No me digas que no, porque me enfado. Yo no quiero que seas tan flojo: quiero que hagas lo que hacen todos los hombres. ¡Ea, vente!

Siguió una escena chistosa. Marcelo, resueltamente opuesto a beber; Ciro, empeñado en atragantarle una copa de ron. Los campesinos intervinieron, unos estimulando a Marcelo a ser hombre; otros aplaudiendo su temperancia. Hubo bromas picantes, desnudeces de lenguaje. La mayoría se puso frente a Marcelo. No beber era necio... ¿Qué importaba una copita? La bebida era buena para la salud. Calienta, calienta mucho, cuando baja por el gaznate y luego pone el cuerpo fuerte como un estante de ausubo. Lo que Marcelo hacía era probar su cobardía: ¡vaya con el mozo de veinticinco años! Y si no, como ejemplo, su hermano Ciro: siendo hermano menor, tenía más cara de hombre. Nada, debía beber.

El asunto se hizo tema general y Ciro acabó por considerar como cuestión de amor propio vencer la resistencia de su hermano.

Marcelo, en tanto defendíase. A nadie le importaba que él hiciera su voluntad; él era libre. ¡Que lo dejaran en paz! La bebida le quemaba la garganta, le hacía toser, le enfermaba. No, de ninguna manera. Si todos aquellos mozos querían divertirse, que compraran un chango. Él no estaba allí para divertir a nadie. Cuanto a Ciro, no era más que un abusador; que hiciera su gusto, mas que lo dejase a él hacer el suyo. ¡Por nada del mundo bebería! Insistir era inútil.

La broma arreciaba; Ciro, asiéndole por una mano, halaba de él. ¿Qué iban a pensar los que le estaban mirando? Él no podía tolerar que hasta las mujeres se rieran de un hermano suyo. A beber, a beber...

Entonces, la más joven de las Flacas entró en la tienda, arrebató a Ciro la copa y la apuró de un trago.

-Mira -exclamó dirigiéndose a Marcelo-, así beben los hombres. Tú no eres más que un pend...dón...

-¡Bravo, bravo!... -gritaron los del corro.

Marcelo se puso verde. Un sentimiento de rabiosa indignación le dominó. Se burlaban de él, le contrariaban; queríanle empujar a un vicio que odiaba; hacíanle objeto de la sátira de todos... Bien; pues que cayera la responsabilidad sobre quien tuviera la culpa. Bebería, sí, bebería; se llenaría como una cuba; se hartaría de ron y probaría que él era capaz de hacer lo que cualquier hombre.

Adelantose resueltamente, hízose servir un vaso de ron y lo bebió sin vacilar.

Los campesinos, con grandes risotadas, aplaudieron la decisión de Marcelo, y entre un escándalo de bromas picantes salieron todos de la tienda.

Marcelo quedó un instante inmóvil. Sintió el roce quemante de la bebida, que al descender al estómago le parecía una mano ungulada raspándole los tejidos. Luego se puso muy serio, su palidez se hizo intensa, y viendo que le dejaban tranquilo alejose algunos pasos y ocultó el semblante, por donde le rodaron dos lágrimas.

Sufría, se sentía infeliz. Beber, para él, no era placentero; experimentaba en la boca el sabor astringente de un brebaje, y en el estómago una opresión tan grande que le parecía tener una piedra colocada sobre el vientre. Las lágrimas corrieron en tumulto, y volviendo la cabeza para ocultarlas se consideraba víctima de un atropello. Luego sentose ocultando la cabeza entre las manos: sentía un desfallecimiento extraño, ardor en los ojos y un copioso sudor que le inundaba el cuerpo.

Así discurrieron algunos minutos. Después levantó la cabeza. ¿Qué le pasaba? Aquél no era el mismo mundo de antes. ¡Qué tarde tan clara!..., ¡qué árboles tan verdes!, ¡qué alegres estaban los campos! No podía explicarse la placidez que sentía, y su organismo, como inflado de bienestar, se ensanchaba repleto de fortaleza. Sí, él exageraba... ¡Qué diablos! En aquel momento hubiera sido injusto negar que le bullía por dentro un caudal de vida, de actividad, de fuerza, a que no estaba acostumbrado. El sabor ingrato se había disipado, el mareo había desaparecido, el hondo pesar fuese desvaneciendo poco a poco y Marcelo, sin darse cuenta de sus actos, abandonó su retiro, incorporose al grupo y lanzó una carcajada feliz en que parecían desbordarse los recuerdos de cien años de placer.

Los campesinos celebraron la metamorfosis sospechando el origen de tan inusitada jovialidad, y desde aquel momento viéronle lanzarse desbocado en los giros de la conversación, hablando de todo, discutiendo lo más nimio e impacientándose ante cualquier contrariedad insignificante.

Le habían creído cobarde y estaba dispuesto a probar lo contrario. ¡Que se atreviera alguno y vería qué pronto le volcaba de un pescozón! Allí lo que había era una partida de mentecatos, de abusadores, muy guapos de boquilla, pero incapaces de hacerle frente a un hombre como él. Ciro era su hermano, pero si le molestaba le iba a dar de puntapiés. Todo esto lo decía a gritos, escandalizando, como si tuviese el formal empeño de hacerse oír.

Así fue saltando de tema en tema, mientras los demás reían. Habló de Andújar: ¡un bandido, sí, señor, un bandido! Se estaba chupando a los campistas. Mas que no se jugase con él, porque cualquier día lo tendía de un jinquetazo.

Arrebató un machete que otro tenía y empezó a dar cuchilladas al aire. La bomba estaba cargada: un choque, un rozamiento, una contrariedad, y estallaría.

Marcelo, entonces, volvió a la tienda, levantó el machete y lo clavó en el mostrador. Andújar, incómodo, quiso echarle afuera; pero de tal modo le brillaban los ojos al joven, tan agresiva era su actitud, que el tendero, comprendiendo que estaba fuera de sí, hizo valer sus derechos de comisario.

Al fin, varios, los más íntimos, consiguieron alejarle, y Ciro, cogiéndole por un brazo, lo condujo a su choza.

Durante el camino fue dándole manotones a Ciro, y al pasar el río detúvose de pronto, se llevó el índice a la frente como quien intenta recordar algo de importancia y, con palabra difícil, dijo a su hermano:

-Y esa mujer no te conviene, ¿eh?

-¿Qué mujer?

-Ná; tú déjame a mí. Esa mujer no te conviene, ¿sabes? Yo te vi hoy cuando te le fuiste detrás... ¡No te conviene!

Y al llegar a la choza cayó inerte, vencido por el sopor imbécil del alcohol.